Refrain

Mathilde Roux

Refrain

édiST▶RT

Collection « Un autre moi »

Chloé Millet, *Vous qui entrez ici.*
Axelle Moanda, *Ceci n'est pas un roman d'amour.*
Gwendoline Rousseau, *Vies parallèles.*
Mathilde Roux, *Refrain.*

Les personnages et les situations de ce roman étant purement fictifs, toute ressemblance avec des personnes ou des situations existantes ou ayant existé ne saurait être que fortuite.

Couverture et principe de maquette :
Cécile Rouyer
Illustration de couverture :
© Photo by Thomas Griesbeck on Unsplash

ISSN 2647-4433
ISBN 978-2-900860-04-5
© Edistart, 2019
10 bis, boulevard Ledru-Rollin 34000 Montpellier
Tous droits de traduction, de reproduction et d'adaptation réservés pour tous pays.

www.edistart.com

À mes fils.

« Si je me trompe, laissez-moi errer. »

Colette, *Sido*

Camille était morte. Parce que, moi, sa mère, je l'avais tuée. Pourtant, à l'origine, je voulais simplement écrire. Sa vie.

Je me présente, Roxane, soixante-trois ans, comptable. Mon vrai métier. Mais aujourd'hui je suis devenue auteur. Je conte plus que je ne compte. J'ai désormais le pouvoir de donner corps aux héros imaginaires. La fée Roxane en quelque sorte. Comme quoi. On peut créer un monde auquel on ne croit pas.

Parce que je ne crois qu'en ce que je vois. Et ce que je vois, c'est qu'il faut vivre et que cela n'est pas simple. Il faut. Être puissant, ne rien craindre, travailler, convaincre. Il faut l'argent. Ça tombe bien. J'aime les chiffres. Lorsque je me lève, je calcule : j'ai peu rêvé ; de quoi sera faite ma journée, voilà ce qui importe. Elle se passera à appréhender mes problèmes et ceux des autres. Avec brio. Mon meilleur allié.

Ma fille, elle, c'est bien triste, n'a jamais su compter. Évoluant dans son monde intraduisible. Or, chacun paye un jour. Et c'est à ce moment précis d'une vie que l'on vient systématiquement me chercher. Ma princesse comme les autres. Combien de fois m'a-t-elle appelée…

Aujourd'hui, Camille ne m'appelle plus. C'est moi qui appelle. Non plus ma fille, mais deux chiens qui veillent sur moi et s'harmonisent parfaitement avec ma lourde chevelure rousse et la solennité de mes costumes. Bref, deux chiens m'accompagnent. Je les nourris. Ça les comble. Cette relation me plaît.

Désormais, il est temps pour moi de faire renaître mon héroïne. Que tout recommence comme un doux refrain. Que l'on ne parle plus de la mort ni du mal que j'ai pu faire. Très consciemment. Un refrain... Cette lancinante formule comme une vague d'enfance. Moi, Roxane, je les connais ces formules, je sais les mélanges qui apaisent. Une fée se confond souvent avec une sorcière. Hélas, ma fille a déjoué tous ces sortilèges que je lui jetais pour son bonheur. Elle n'a pas voulu de moi, a choisi d'écrire elle-même les lignes de sa vie.

Bien sûr, dans cette histoire, je ne tiens pas le plus beau rôle. Je suis l'océan qui dévore la sirène, la pomme empoisonnée, le loup déguisé. Camille, princesse lucide qui m'a trahie, me tendant un miroir dont je reconnais le reflet sans le comprendre. Je suis la méchante qui a voulu aimer. Mal. Il me faut écrire pour recommencer à zéro et relire l'histoire.

Il était une fois...

Toujours la même histoire, toujours le même refrain.

De l'ordre, des formules et des couleurs. Un prince évidemment. Pas trop ignare, ni trop présent. Beau, pur, idéaliste. Pour que surtout rien ne vous échappe. Jamais. Aucune tache ni faute, que l'on regretterait ensuite. Camille les a beaucoup cherchées, ces fautes, taches d'encre et digressions futiles. Pire : elle les a acceptées. Comme une Cendrillon qui n'aurait pas saisi l'urgence de partir après minuit et aurait continué de danser en haillons. Pathétique... Moi, j'ai trop veillé, mère veilleuse. Épineuse.

Ma fille ne reviendra plus. Elle renaîtra dans cet ouvrage que je lui offre pour, enfin, lui donner sa place. Le premier rôle. Qui lui appartient.

I

CONTEUSE

Elle aurait juré que Roxane avait changé de voix. Assise sur les coussins roses du rebord de fenêtre, Camille profitait du jour finissant dans sa chambre. Les oiseaux volaient bas et poussaient des cris de réjouissance malgré l'été qui s'achevait. La jeune femme aimait ce moment précis de la journée. Il lui rappelait comme il était pénible de s'endormir à cette heure du jour lorsqu'elle était enfant ; il faisait encore clair ! La nuit était bien plus son élément...

Camille tendit l'oreille. Il y avait de cela quelques minutes, le téléphone avait sonné et sa mère était allée répondre. Elle pressentait que quelque chose de nouveau s'était produit. Que sa vie allait changer.

Il était mort. Loin, là-bas, dans son château, il s'était éteint. Elle en était sûre. Parce qu'elle interprétait les intonations de Roxane mieux que quiconque. Parce que, lorsque la discussion est banale, on ne chuchote pas soudainement. Elle saisit tout cela avant même que sa mère ne vienne le lui dire.

Peine perdue. Camille était déjà à côté d'elle. On ne l'entendait jamais arriver. Roxane raccrocha. Sa fille savait. Écrasée par l'expression presque joyeuse de sa mère, triomphante à côté de la cheminée dernier cri d'un blanc éternellement immaculé. Il leur faudrait repartir. Retour vers soi sur les chemins d'enfance.

— Tu as entendu ?
— Non. Dis-moi.
— Tu me mens, Camille. Tu as très bien compris. Ton grand-père est mort. Il faut que je retourne vivre à Syren. Je partirai après-demain, par le premier avion.
— Pourquoi ?
— Mais enfin, tu ne vois pas tout ce dont je vais devoir m'occuper ? Je dois ramener Jack au château, assurer la succession, encore une fois prendre les choses en main.
Malaise.
— Jack vient avec toi ?
— Tu ne vas quand même pas t'en occuper, si ?
— Alors je pars avec vous.
Roxane parut ennuyée.
— Pourquoi tiens-tu tellement à venir ? Tu as un métier maintenant. Et pas des plus simples. Conteuse… Il faut que tu persévères.

C'était bien la première fois que Camille recevait ce genre d'encouragement. Comme un baume au cœur. Mais c'était trop tard.
— Non, je partirai aussi.
— Et Hugo, tu y penses à Hugo ?
Bien sûr qu'elle y pensait. Était-ce de sa faute si son grand-père était mort ?
— Je lui expliquerai.
Roxane ne trouva rien à répondre.

*

Face à l'océan, les cheveux blonds de Camille animaient son corps de statue. Une figure antique, familière, et si jeune. Elle interrogea l'horizon, effrayant de blancheur, puis regarda les flots se déchirer sous ses pieds. Si elle avait été une pierre, elle aurait plongé dans les abysses. Comme à chaque fois, elle fut prise de vertige. Sauter. L'expérience ultime. La vie avait encore si peu d'importance. Les traits tirés par une nuit d'insomnie, Camille ferma les yeux, ne ressentant plus rien, et se laissa caresser par le vent, qui lui cria les envies et les rages à venir. Il la tenta. Alors, elle accepta de vivre ; son âme volait bien trop haut.

Elle ne reviendrait plus. Leur vie allait changer, avait dit sa mère la veille. Ils repartaient vers le château de Charles, vers les sapins mystérieux comme autant de souvenirs enfouis au cœur des forêts de sa vallée lointaine. Ici, c'était le vent, l'océan et les légendes de Bretagne.

Camille rouvrit les yeux. Il faudrait tout réapprendre à Jack. Les énergies et les habitudes nouvelles. Il n'avait encore jamais vécu ailleurs. Une autre vie allait commencer. Vide de toute émotion, Camille inspira les embruns qui l'embrassèrent une dernière fois. Elle se retourna, et toute la lande la couvrit de ses bras. Alors elle se sentit triste et impuissante.

Je ne veux pas partir. Retenez-moi.

Chaque pierre sous ses pas lui rappelait un peu de son histoire ici. Chacune lui racontait la jeune sauvageonne qu'elle avait aimée. Il fallait rentrer. Les flots derrière elle rugirent encore une fois leur peine.

Ne t'en va pas, Camille.

*

Elle se retrouva pourtant à Bélivère, devant la villa de Roxane, sur la grand-route du village. Moderne et tout confort. Murs blancs, toit d'ardoise. Traditionnelle et sans passé. Et désormais un avenir qui leur échappait à son fils et à elle.

Camille ouvrit la porte d'entrée. L'écran allumé, le petit sac à dos ouvert et le patchwork d'une journée étalée sur la table. Les compotes et les gâteaux cohabitaient avec les clés de voiture et des factures en tout genre. Le quatre-heures. Dictature de l'enfance. Le monde des grands qui s'arrêtait quelques minutes pour contenter les petits princes. Mais alors, ce fut Camille qui arrêta le temps.

Les regards de son fils et de sa mère l'importunaient.

Ce fichu retard sans aucun doute…

Jack et Roxane n'appartenaient pas aux instants précédents, aux colères des vagues et aux bras du vent. Il fallait tourner la page et elle en était incapable.

Elle restait embarrassée devant la porte, ne sachant quelle posture adopter. Elle ne voulait pas leur montrer qu'ils la gênaient ni trahir ses émotions de tout à l'heure. En vain.

— Mais où étais-tu encore passée ? lui demanda Roxane.

Cette dernière connaissait déjà ses répliques et le lui faisait très vite sentir.

Tu n'as aucune chance, Camille.

— Je suis allée saluer une dernière fois le paysage.

Consternation. Roxane ne comprenait visiblement pas. Très visiblement. Elle soupira.

— Eh bien, moi, pendant ce temps, j'ai récupéré ton fils au centre aéré. Je les ai prévenus de notre départ et ils se sont montrés compréhensifs, comme je m'y attendais.

Morsure. Son petit garçon restait assis bien droit sur sa chaise et n'avait d'yeux que pour elle. La jeune maman décida de lui rendre un peu de son amour :

— Pardon, Jack.

Puis elle se dirigea vers l'escalier. Sans un câlin et dans un souffle. Son fils la suivit du regard jusqu'à ce qu'elle disparaisse. Il se retourna ensuite en lui-même, la vit dans sa tête ; l'image de sa mère lui était précieuse.

Mais Roxane le ramena à la réalité :

— Ne t'inquiète pas. Ta maman va revenir. Nous allons bien nous amuser en attendant. On s'en fiche qu'elle ne soit plus là.

Jack ne répondit rien. Sa grand-mère lui rendit son silence. Beaucoup plus dur. Même à elle, il ne voulait pas parler.
Incompréhensible aussi bien qu'inacceptable.
— Jack, tu sais, si tu ne me parles pas, on ne pourra pas être amis tous les deux.
Il se leva et partit jouer sur le tapis. Roxane s'écria, déjà boudeuse :
— Eh bien, puisque c'est comme ça, moi, je ne jouerai pas avec toi !
Et elle sortit brutalement. La porte d'entrée claqua. Jack fut le seul à l'entendre partir. Seul avec Camille dans la maison.
Où est donc maman ?
Assise sur le lit de son fils, à l'étage. Elle réfléchissait au milieu de ce monde de jouets et d'images. Elle aurait voulu en changer l'ordre, réorganiser à sa manière. Être une vraie maman. Mais si elle faisait mal ? Et puis, cela aurait mis du temps. Trop de temps. Ça aurait été pire qu'avant, lorsqu'à la naissance de Jack sa mère avait tout pris en main. Les repas, les vêtements, les nounous et puis plus tard la crèche. Camille n'avait rien eu à faire ni même rien eu à dire. C'était très bien comme ça. Une chance. Et malgré tout, un jour, elle avait voulu partir. Ça avait été comme un séisme. Elle n'arriverait jamais à gérer seule l'enfant, d'où lui était venue une telle idée ? Alors elle avait cédé. Finalement, elle cédait toujours.

Camille se trouvait faible, stupide. Empruntée. Comme Jack, qui, à bientôt trois ans, ne parlait pas. Elle ne voulait pas réfléchir à cela. Le miroir de l'armoire lui renvoyait son image. Elle n'aima pas son reflet, détourna la tête et quitta la pièce.

Au rez-de-chaussée, elle retrouva Jack, seul dans la grande salle à manger.
— Tu veux venir avec moi dehors ?
Son fils la suivit jusqu'à la balançoire. Ils tanguaient doucement, Camille le tenant sur ses genoux. Elle observait la maison

blanche et revit les pièces derrière les murs. Toutes les pièces. Comme autant de membres d'une même famille. La première fois que la jeune fille était entrée dans la maison, elle s'était étonnée que l'on n'y trouve pas de bibliothèque. Elle était perdue et déjà cela faisait sourire. Et toujours cette condescendance vis-à-vis de l'enfant qu'elle n'était pourtant plus. Trois ans s'étaient écoulés. Et on ne la prenait toujours pas au sérieux. Elle n'était pourtant pas idiote... À Bélivère, aucune pièce ne lui répondait. Toutes la dédaignaient. La salle à manger froide, bien que lumineuse, avec ses grandes baies vitrées donnant à la fois sur le petit jardin longeant la façade et sur celui à l'arrière de la maison. La chambre de sa mère, à l'étage, qui couvrait presque tout l'espace. Décorée somptueusement avec un immense lit aux angles duquel tombaient des tentures grises accrochées au plafond. Cette chambre l'effrayait parfois. La sienne ne lui plaisait pas non plus. Fonctionnelle comme tout le reste, et sans âme. Camille y faisait sécher des bouquets de fleurs et laissait traîner ses longues robes sur les meubles, pour tout couvrir de sa présence.

Pour la chambre de Jack, elle n'avait rien osé suggérer. Elle avait laissé Roxane faire. Tout avait été pensé. Que son petit garçon ne manque de rien.

Elle accéléra la cadence de la balançoire tout en protégeant Jack contre elle. D'un coup de baguette magique, elle aurait voulu vieillir cet endroit qui serait devenu une chaumière pleine de grincements.

Camille était conteuse de profession. Lorsqu'elle expliquait cela, elle soulignait toujours :

— Enfin, je raconte des histoires pour vivre.

Et ajoutait encore :

— Mais je n'aime pas mentir.

Elle ne savait pas faire court. Une idée en amenait une autre, et elle voulait être précise, claire et franche ! Elle essayait toujours de parler vrai. Elle racontait des histoires mais ne mentait pas. Elle était conteuse. Voilà. Elle l'avait toujours été. Depuis sa plus tendre enfance.

L'école s'était révélée un enfer. Elle n'avait pas partagé les jeux de ses camarades, se concentrait sur toutes ces données qu'on la forçait à apprendre : les mathématiques et la grammaire, mais aussi les codes de la cour de récréation. Elle s'en était sortie.

Beaucoup s'étaient attachés à elle, la belle originale, timide et décalée. On s'était amusé à tout lui faire croire. Et ça avait marché. En revanche, lorsqu'elle improvisait un conte – inspiré de films, de livres ou de son imagination, qu'en savaient-ils ? –, plus rien d'autre ne comptait pour ses camarades que de l'écouter. Des cercles se formaient qui ne la troublaient pas. Elle poursuivait, ajoutant toujours un détail à la coiffure, aux habits ou à l'attitude de l'un des personnages. Chacun se reconnaissait et n'en disait mot. Il leur restait alors un étrange secret commun en mémoire.

Les contes de Camille étaient l'affaire de tous. Et, naturellement, sans s'en apercevoir, elle en avait fait l'essentiel de sa vie, son métier. Elle était devenue adulte, avait quitté le Sud avec sa mère, et puis Jack était venu au monde. Roxane le gardait et l'aspirante conteuse partait sillonner la région pour raconter des histoires devant d'autres enfants ébahis et heureux.

Jack aussi adorait écouter sa mère. C'était leurs moments à eux. Elle lui proposait plusieurs sujets, devinant ses goûts, et elle s'arrêtait sur ses plus vifs éclats de joie. Elle l'emmenait dans des univers sans âge et sans frontières. Il habitait alors pleinement le royaume de sa mère.

Elle stoppa la balançoire.

— Viens, Jack, nous allons choisir ce que nous devrons emporter.

Il fallait organiser le grand départ du lendemain. Elle ne comprenait pas tous les détails matériels de ce voyage. Pour elle, quand on décidait de partir, on fermait une porte. Apparemment, c'était beaucoup plus complexe.

Allons, il fallait affronter la bête. Elle prit le garçonnet dans les bras, puis ils montèrent dans la chambre de la conteuse. Confrontée à son monde, elle se sentit faillir et laissa son fils se précipiter vers ses coffres à costumes. Par où commencer ? D'abord par saisir sa cape, vert-de-gris, qu'elle portait lors de ses balades et qui la couvrait toujours sur les chemins de ses contes. Et puis elle s'arrêta. Plus aucun entrain. Le blanc. Ou alors il faudrait tout prendre. Tout. Et ne rien laisser. Ni la brume venue des vagues, ni le bruit du vent dans la bruyère, ni le vertige au-dessus des falaises. Tout cela ferait corps et elle le donnerait à entendre. Les enfants respireraient cette vie et son bonheur singuliers. Est-ce que ce serait possible ?... S'il vous plaît, quelqu'un ?... Non, ça ne l'était pas.

Tu ne peux pas tout prendre. Voyons, Camille. Te rends-tu compte de ce que tu dis ?

Non, toujours pas. Elle s'assit sur son lit et hissa Jack près d'elle. Elle avait voulu partir un jour pourtant, dans leur maison à eux deux... Son petit garçon allait alors sur ses deux ans.

— Camille !

Camille se leva et reposa Jack au sol. Elle entendait Hugo au rez-de-chaussée.

— J'arrive !

Elle prit Jack par la main et alla à la rencontre du jeune homme.

— Tu es venu ? C'est gentil.

Hugo l'attendait au bas des marches, les bras croisés. Lorsque Jack fut à sa portée, il lui ébouriffa les cheveux. L'enfant ne réagit pas.

— Évidemment que je suis venu. Ce que tu es bête.

— Merci en tous les cas. Hugo, il faut que je te dise...

— Je suis déjà au courant.

Le ton se fit sec tout à coup. Il s'était préparé, Roxane avait parlé.

— Je pars à Syren avec ma mère.

Il ironisa :

— C'est dommage. Je croyais que tu tenais à ton métier. Et tu comptes t'en sortir comment, loin de moi ?

— Je suis désolée, Hugo. Je n'ai pas le choix.

Le jeune homme se dirigea vers la table de la salle à manger, sur l'angle de laquelle il s'assit, de plus en plus à son aise.

— Tu n'as pas à être désolée. Nous ne sommes que des amis, je te rappelle. Tu as pris ta décision pour nous. Je m'en remettrai.

Il repartit sans un geste d'au revoir pour eux, les laissant seuls.

Et ce fut tout.

Hugo n'existerait sans doute plus désormais que dans les propos désolés de Roxane. Camille serra les mains de Jack. Il fallait vraiment faire les valises.

Ils ne trièrent rien, emportèrent tout.

*

— Ter-mi-né ! s'écria Roxane à son retour. Agence immobilière, annonce pour les voitures, Poste… Tout.

Et elle s'assit sur un fauteuil, satisfaite.

Camille et Jack dessinaient à côté d'elle sur la table basse de la pièce principale.

— Bravo, maman. Tu dois être soulagée.

— On peut le dire. Vos bagages sont prêts ?

— Oui. Il y en a beaucoup, je crois. J'ai mis de côté ceux que nous prendrons avec nous. À quelle heure est le train ?

— À onze heures. Le taxi viendra vous chercher à neuf heures.

— Nous aurions peut-être pu attendre pour déménager. Assister aux obsèques puis remonter et organiser calmement notre départ à Syren.
— Autant tout finir au plus vite. Je n'ai pas que ça à faire.
Roxane marqua une pause et reprit :
— J'ai pensé qu'il n'était pas bon que Jack assiste aux obsèques. On enterrera papa demain, pendant votre trajet.
Camille arrêta ses dessins.
— Mais je ne serai pas là !
— Eh non ! Il faut bien que quelqu'un se charge de ton fils. Je me suis dit que ce serait mieux comme ça.
— D'accord... Tu pourras acheter un bouquet de fleurs pour papi de ma part, s'il te plaît ?
— Toutes les gerbes de fleurs sont commandées, ne t'inquiète pas.
— Tu penses à tout... Merci.
— Je t'en prie.
Roxane se releva vivement.
— Bon, il est déjà tard et nous n'avons pas mangé. Je te rappelle que mon avion décollera à sept heures demain. J'imagine que tu n'as pas eu le temps de t'occuper du bain et du repas de Jack.
— Non, pardon. Je ne savais pas comment tu voudrais que l'on s'organise.
— Ça n'a pas d'importance. Je m'occupe de tout.
Alors que Roxane soulevait son petit-fils dans ses bras, ce dernier tendit un dessin à sa mère. Malgré les traits enfantins, on y devinait un oiseau entouré de cœurs.

*

Le taxi suivait un chemin familier à Camille et à Jack. La jeune femme baissa la vitre pour inspirer l'air frais de ce matin d'été. Elle sentait l'odeur des vagues qu'elle devinait sur sa gauche. Bientôt ils verraient la Rose, cette maison qui lui avait permis de croire un instant à son indépendance.

« Toi, indépendante ? D'où t'est venue cette idée idiote ? », s'était insurgée sa mère.

De la maison elle-même. Un jour, au bout d'un chemin, lors d'une de ses balades, Camille l'avait découverte, rêve familier, abandonnée. Elle aimait partir ainsi dans sa petite voiture et parcourir les routes. Elle cherchait des scènes. Comme un écrin à son imaginaire. Sous des bois clairs, elle imaginait tout un monde d'elfes et de fées disparu. Elle s'asseyait et les attendait. En vain, mais avec bonheur. Sur les galets, au pied des falaises, c'était plutôt la virilité de la nature qu'elle admirait. Ces roches et ses flots auraient pu finir par la posséder. Tandis que, dans la forêt, la douceur des couleurs, la souplesse des formes mouvantes, la moiteur des sons et des odeurs la protégeaient. Elle se nourrissait de tout ce qu'elle trouvait. Quand elle se sentait fatiguée de toutes ces histoires qu'elle s'inventait, elle repartait non sans avoir jeté un dernier coup d'œil à ces contes d'une heure. Elle devait alors se rappeler tout ce qui l'entourait et qu'elle avait un instant banni de sa mémoire. Le Code de la route par exemple. Parce qu'elle ne souhaitait faire de mal à personne.

Jamais.

La maison qui l'avait fait basculer se trouvait donc sur l'une de ces routes. Sur le déclin et hantée de présences anciennes. Elle n'en avait distingué que le toit depuis la petite départementale mais elle avait décidé de s'en approcher. Une demeure perdue au milieu de nulle part. Des murs en ruine qui semblaient vous attendre pour enfin s'écrouler. Là, tout de suite. Après, ce serait trop tard. Mais rien de sinistre dans cette maison, une enfant au sommeil paisible qui sait que vous reviendrez à son réveil. Toutes les portes étaient verrouillées.

Camille s'était alors rendue au village le plus proche et on l'avait renseignée. Oui. La Rose, près d'une falaise.

Ah bon ?

Elle ne l'avait pas vue, la falaise… La propriétaire était âgée et serait sans doute heureuse de la vendre.

Pourrait-elle la rencontrer ?

Quand Camille avait une idée en tête, cette dernière lui servait de phare.

Mme Gardères habitait une maison de retraite rénovée et tranquille à la sortie de l'agglomération. Elle s'était manifestement réjouie d'avoir de la visite mais n'en avait rien laissé paraître. Elle tenait à donner l'image d'une personnalité clairvoyante et sereine. Alors qu'en vérité elle périssait d'ennui dans ce mouroir. Son port rigide et son chemisier de soie sauvage lui permettaient de se tenir droite face aux événements qui, hélas, se faisaient de plus en plus rares. Tout ce qui n'appartenait pas à la routine de la « Maison » était bon à prendre. Et s'il s'agissait d'une jeunesse, autant dire que l'erreur n'était pas permise. Cette Princesse était venue pour elle et pour personne d'autre. La digne octogénaire trônait au milieu des regards jaloux de la salle à manger encore encombrée des restes du déjeuner.

— Que puis-je pour vous, mademoiselle ?

— Bonjour. Je suis Camille. J'ai croisé votre maison sur la route. J'aurais voulu la connaître.

La vieille dame avait relevé un sourcil, perplexe.

— Moi, je suis Isabelle. Quelle maison, Camille ?

— Celle au bout d'une allée.

— La Rose ?

— Sans doute. C'est ce que l'on m'a dit au bureau de tabac.

— Gabriel est un ange. Il vous a bien renseignée.

Camille n'avait su comment continuer. Elle avait dit l'essentiel.

— Quand souhaitez-vous la visiter ?

Elle ne s'était pas trompée. Cette dame n'était pas comme tout le monde.

— Maintenant, ce serait possible ?

— J'ai beaucoup à faire.

« Un peu gros », avait pensé Isabelle, mais Camille n'y verrait que du feu.

— Je suis désolée, s'était d'ailleurs excusée cette dernière.

Et elle s'était préparée à la saluer. Isabelle avait tressailli.

— Attendez. Il doit sans doute y avoir une solution. Je vais m'arranger avec Cécile, l'aide-soignante. Elle peut venir avec nous dans votre voiture ?

— Évidemment.

Et elles étaient parties.

Cécile avait rechigné, ce n'était pas une façon de faire, comme ça, à la dernière minute, où avaient-elles la tête ? Mais leur détermination l'avait convaincue. Leur tête, elles n'en faisaient pas le même usage qu'elle. Et on ne contrariait pas Mme Gardères.

Dans la voiture, la vieille dame avait demandé pourquoi Camille tenait tant à découvrir sa maison. Elle lui avait répondu qu'elle ne savait pas. Et ce fut tout.

Un silence plus dense s'était fait lorsque Camille avait arrêté le moteur dans la cour. Mme Gardères n'avait pas les clés sur elle et avait demandé aux deux jeunes femmes de l'attendre avant de sortir. Elle avait contourné la maison et était revenue sur le perron sans rien dire ni lever les yeux. Combien de fois avait-elle récupéré ses clés de cette manière ? Sans y penser, de façon machinale ? Cette démarche semblait ancestrale. Récupérer les clés de la Rose. Camille avait imaginé l'endroit où ces clés pouvaient bien être habituellement cachées. Elles étaient très grandes, paraissaient lourdes et aussi anciennes que la maison elle-même. Isabelle avait eu du mal à pousser la porte. Tout le poids des années à ouvrir d'un geste.

Camille était entrée et l'avait reconnue : un refuge sombre au plafond bas et empli de recoins. Il n'y avait pas d'étage. Ou alors un grenier d'où l'on pouvait voir la mer qui n'était pas loin, que l'on entendait. La jeune femme s'était avancée, touchant les poutres pour se rendre compte.

— Y a-t-il longtemps qu'elle est à vendre ?
— Un certain temps. Elle est éloignée de tout et absolument pas fonctionnelle.
— C'est parfait. La cheminée est immense et il y a des fleurs dans le jardin à l'arrière.
— Comment le savez-vous ?

Cécile aurait bien fait remarquer que des hortensias fleurissaient souvent autour des vieilles maisons bretonnes, mais elle sentait qu'elle ne faisait pas partie de cette conversation.

— Suivez-moi, avait prié Isabelle, s'appuyant au bras de Camille et la conduisant au bout de la pièce à vivre.

Elle avait tourné la clé d'une imposante porte à deux battants, poussé les volets, et une cour délimitée par des murets centenaires s'ouvrant sur les flots était apparue sous leurs yeux. Inondée d'hortensias roses qui avaient conforté Cécile dans ses certitudes.

Camille était conquise. Elle s'était assise sur un vieux banc et avait regardé Isabelle :

— Pourquoi êtes-vous partie d'ici ?
— Je n'arrivais plus à y vivre seule. Elle est rustique, l'air très rude.

Au fil de sa visite, Camille avait découvert les mansardes, les tomettes et les vieilles fenêtres en bois bleu décrépit.

— Comment dois-je faire pour acheter cette maison ?

Isabelle avait haussé les épaules :

— Avez-vous de l'argent, mademoiselle ?
— Pas du tout.
— Alors c'est impossible.

— Je travaillerai pour l'habiter.
Isabelle avait examiné la jeune femme et répliqué :
— Je vous la louerai le temps que vous y arriviez.
Camille lui avait serré la main, étonnée et reconnaissante. Cécile avait retenu un cri de surprise, scandalisée. Elles étaient folles.

Et Camille et Jack avaient habité la Rose. Il avait fallu s'adapter à un monde que la belle rêveuse avait longtemps ignoré et auquel elle avait dû faire face. Toute son enfance et l'arrivée de Jack ensuite n'avaient été qu'un long sommeil durant lequel elle s'était laissé faire, comme morte. Elle n'avait fait qu'obéir, et ressentir ce qu'on voulait bien lui laisser vivre. Elle ne réfléchissait pas, elle éprouvait.

Désormais, le monde des banques et de l'administration moderne s'était ouvert sous ses pieds et sa cape vert-de-gris, tel un gouffre. Il avait fallu sauter. Elle l'avait fait, pensant à Jack et à la vie qu'elle s'offrirait avec lui. Isabelle n'avait pas d'héritiers, mais tout un attirail d'administrateurs qu'il avait fallu convaincre et qui consommaient beaucoup de papier. La vieille dame s'était montrée confiante, les autres en feraient autant, c'était sûr. Mais la banque n'avait pas mis beaucoup de bonne volonté pour la comprendre. Conteuse, ce n'était pourtant pas un mot bien compliqué. Visiblement si. Elle ne savait comment gagner plus d'argent. Roxane lui avait répété qu'elle seule, sa mère, pouvait l'aider. Camille avait refusé, voulant faire ses preuves. Elle avait parlé à qui voulait bien l'écouter de sa recherche d'emploi. Mais elle n'avait aucun diplôme et ne savait rien faire. Cette lutte était devenue humiliante. Elle aurait bien vaincu des dragons mais pas ce monde de bureaucrates pénibles dont elle ignorait tout. Elle s'était sentie perdue. Les aides sociales, le travail, la crèche, les horaires et les codes sociaux. Elle avait affronté cela naïvement, frontalement. Le cœur déjà couvert de cicatrices.

Et puis un travail complémentaire s'était présenté, dont Isabelle avait eu l'idée. Elle raconterait des histoires aux personnes âgées. Après deux ou trois premières expériences concluantes, Camille était restée, secondant les infirmières et aides-soignantes à l'occasion. Petit à petit, elle s'en était sortie. Le bonheur avec Jack était alors au bout du chemin, au sommet de la falaise.

Camille ouvrit la vitre du taxi. L'odeur de l'océan sur la route, comme chaque soir, en ramenant Jack de la crèche… Elle et son fils aimaient chacun à leur manière les histoires que ce chemin leur avait racontées. Quand elle coupait le moteur devant leur maison, le silence était toujours terrible. En été, Camille se réjouissait de s'aérer un peu. L'hiver, il s'agissait de traverser tout un monde hallucinatoire. De la voiture à la maison et en pleine nuit. La jeune femme n'aimait pas le faire avec Jack. Alors elle parlait vite, décrivait ce qui allait se passer. Le repas, le bain, l'histoire enfin. Son moment préféré. Elle le serrait fort. Il y avait des courses dans le coffre, des sacs, des accessoires. Elle voulait tout prendre à la fois pour ne pas laisser Jack seul dans la maison. Tout tombait en catastrophe. Et elle répétait invariablement qu'elle allait y arriver. « Oui, maman », pensait-il très fort.

Ils y arrivaient enfin. Elle déposait les courses, gonflait les joues, faisait les gros yeux et s'exclamait : « On a réussi ! » Et puis, vite, elle lui enlevait son manteau et retombait dans sa routine. Elle répétait à voix haute : « le repas, le bain, le dodo, le repas, le bain, le dodo, le repas… » C'est à ce moment-là qu'il pleurait.

Impuissante, elle s'asseyait sur une chaise et lui demandait : « Jack, qu'est-ce que je dois faire ? » Et, invariablement, elle appelait sa mère. Elle n'y arrivait pas, ne serait jamais comme elle.

— Bien sûr que si, si tu m'écoutes. Pour l'instant, tu as besoin de moi. Veux-tu venir me rejoindre avec Jack ?

— Non !
— Pardon, madame ?
— Excusez-moi : je rêvais tout haut.
— Pas de souci. Ça arrive.
Dans le rétroviseur, le chauffeur fit un clin d'œil à Camille. La jeune femme sentit une brûlure. Ses émotions la dépassaient. Sa mère avait raison : elle devrait se contenir. Mais tout de même… Elle avait conscience que Roxane la maternait ainsi que Jack. À chaque fois, elle se disait que plus tard elle y arriverait seule, c'était sûr. Elle avait essayé quand même de résister :
— Non, ça va aller.
— Comme tu veux. Tu as pensé à donner son bain à Jack ?
— Pas encore mais…
— Voilà. Tu vois ? Commence par ça avant de m'appeler. Tu as un repas pour lui ?
— J'ai tout acheté aujourd'hui, les sacs sont dans le couloir.
— À cette heure-ci ? Tu n'as encore rien rangé ?
Elle ne s'en sortait pas, c'était bien la preuve.
— D'accord, maman. Je vais venir. Juste pour ce soir.
Le trajet vers chez Roxane était alors beaucoup plus pesant que celui vers la Rose. L'inquiétude flotte, la tristesse pèse. Et c'était bien de la tristesse que Camille ressentait lorsqu'elle demandait de l'aide à sa mère. Pourquoi n'y arrivait-elle pas toute seule ? Non, ce n'était pas vrai. Il fallait qu'elle arrête de se dénigrer, conseillait Roxane. Elle y arrivait très bien. Mais pas comme elle l'aurait voulu, sans doute. De quoi avait-elle peur ? Du mal de ventre dans les yeux de Jack et c'était tout. Contre ce mal de ventre, elle aurait pu donner sa vie.

Elle retrouvait finalement la maison de Roxane, sur la grand-route. Les bras grands ouverts pour Jack. Pour sa fille, plus aucune attention tout à coup. Elle n'était plus qu'une gêne dans la vie de sa mère et de son fils.

Très vite, il avait donc fallu abandonner la Rose et tous ses beaux projets.

Camille sursauta : Jack lui tapotait la cuisse et pointait du doigt le paysage. Tout au bout d'une allée, ils aperçurent les touches roses des hortensias et le vieux toit d'ardoise. Leur maison. Était-elle à nouveau habitée ? Isabelle avait tellement regretté l'abandon de Camille.

— Venez me voir de temps en temps.

Elle l'avait promis mais ne l'avait pas fait. Plusieurs mois s'étaient écoulés et désormais des kilomètres les sépareraient.

*

Dans le train, Camille garda la main de son fils le plus possible dans la sienne. Ils étaient solidaires. Que son fils ne lui parle pas ne l'inquiétait pas. Elle lisait tout sur son visage. Celui-ci la touchait en revanche au plus profond parce qu'il lui rappelait qu'elle n'était pas ce qu'elle aurait dû être. Solide comme un roc.

Elle soupira, heureuse malgré tout de ce moment seule avec Jack. Roxane était partie le matin même, déjà très affairée. Camille craignait l'avion mais souffrait de ne pas pouvoir revoir son grand-père avant son dernier voyage. Elle baissa la tête et constata que son fils coloriait plus fort, déchirant presque la feuille de son cahier de coloriage.

— Que se passe-t-il, Jack ?

Elle le serra fort dans ses bras et lui décrivit attentivement le paysage. Leurs profils s'y reflétaient, stables sur les décors mouvants. Des spectateurs absents au monde. Elle avait réuni toutes ses forces pour ce voyage parce qu'elle était seule et qu'on l'attendait au tournant. Quand il lui montra un des sacs pour le repas, elle sortit tant de choses qu'elle aurait pu nourrir le wagon entier. Pourtant, la question posée à son fils était chargée de doute :

— Penses-tu qu'il y en aura assez ?

Jack tapa dans ses mains. Puis il commença à manger. Un océan de soulagement envahit Camille. Elle aurait pu s'endormir alors. Elle s'endormait souvent lorsqu'elle était heureuse. Mais pas aujourd'hui. Elle commença par expliquer à son fils l'histoire du château de Syren et de la montagne Noire.

— Nous n'allons pas dans un château comme les autres, Jack. Celui-ci est le centre du monde. Un roi y habitait, qui est parti il y a quelques jours. Dans les étoiles les plus brillantes, celles que l'on voit en premier parce qu'elles nous appellent personnellement. Ce roi, je l'ai connu lorsque j'avais ton âge. Il m'aimait beaucoup. Il disait que j'étais sa petite princesse.

Le petit garçon l'écoutait attentivement, soudain curieux.

— Oui, un vrai roi, Jack.

Et l'attention de Camille partit loin à travers les vitres du train qui crevait le paysage dans sa course folle.

On remarquait la mère et l'enfant sans qu'ils s'en aperçoivent. Eux restaient très calmes, bienveillants au milieu des autres. Le train multipliait les arrêts. À l'un d'eux, une femme enceinte avait demandé à Camille de lui indiquer sa place. Celle-ci s'était animée d'un coup, comme s'il s'agissait d'une démarche de première urgence à ne surtout pas rater. Elle s'était concentrée pour ne pas faire d'erreur. La future maman lui en fut très reconnaissante et Jack s'était demandé si cette dernière leur avait jeté un gentil sort, pour les remercier.

*

Descendue sur le quai de la gare où sa mère l'attendait, impossible, Camille ne voulut pas lâcher la main de Jack. Roxane parla beaucoup durant le trajet. Elle tenait à ce que l'on saisisse qu'elle était plus que jamais sur son territoire :

— Tu vois, Jack, ici, c'était mon école. Enfin, au début, ensuite je suis partie étudier dans la grande ville. Et lorsque j'en suis revenue, personne ne me reconnaissait plus. Cela m'était bien égal. J'étais fière de ce que j'étais devenue, tu sais.

Jack ne disait rien, recroquevillé près de Camille. Elle s'étonnait. Rien n'avait changé, comme figé dans le temps. Le village au creux du vallon avec le château en hauteur. Chaque élément du décor l'avait attendue, immobile, comme une maison de poupées avec ses accessoires dans le fond d'un grenier.

Tu es revenue, Camille.

Elle avait le sentiment de devoir se composer une attitude mais elle ne voyait pas laquelle adopter. Quelle était sa place ? Comment s'était passé l'enterrement ? Elle serra plus fort la main de Jack. Elle n'était pas pressée d'arriver tant les émotions la submergeaient. Pourtant, il faudrait bien, à un moment donné. Comme elle avait sommeil ! Elle s'endormit, son fils blotti contre elle.

— Maman dort et pas toi, si ce n'est pas malheureux !…

Roxane la réveilla. Syren, le château.

Non. Ne pas revivre cela.

Mais on allait sortir Jack de la voiture. Alors elle se reprit et ne le lâcha pas. Sortie du véhicule, elle leva la tête vers l'entrée de Syren, qui la dominait, masse sombre et inquiétante. Les sensations reprirent corps. Ce n'était plus le bruit des graviers de sa mémoire, c'étaient les graviers eux-mêmes, plus la grisaille d'un rêve mais celle de la pierre du château, ni l'odeur mouillée d'un souvenir mais celle d'une nuit d'automne au pied des arbres sombres entourant la lourde porte d'entrée. Syren restait figé en automne depuis son départ, voilà trois ans.

Elle prit Jack dans ses bras et avança, incapable de formuler un mot. Ce silence pesait sur Roxane, qui dédramatisait, parlant sans cesse.

— Louis, montez les bagages. Merci pour tout, revenez demain à l'heure convenue. Alors, Émilie, tout se passe comme vous le souhaitez en cuisine ? Que nous avez-vous préparé de bon ? Où est Jean ? Que l'on m'appelle Jean, je vous prie !

Qui étaient toutes ces personnes que découvrait Camille sans les reconnaître ? Elle ne voulait pas trop forcer sa mémoire avant d'être plus solide. Il fallait pourtant bien leur dire quelque chose...

— Coucou ! Comment allez-vous ?

Expression un peu déconcertée et coup d'œil jeté à Roxane. Comme de juste.

— Très bien, merci, mademoiselle. Et vous-même ?

— Bien, bien, merci. Oh là là, oui !

Par pitié, où était sa chambre qu'elle s'isole avec son fils ! Mais non. Cela aurait été trop facile.

Roxane claqua dans ses mains :

— Bon. Nous allons dîner. Suis-moi, Jack.

L'enfant la suivit dans la salle de réception. Camille s'avança à leur suite. Comme dans son enfance, la table de bois traversait la pièce de part en part avec, au milieu, des fleurs et des bougeoirs inutiles. Comme un trait d'union au cœur du château.

— Pourquoi la table n'est-elle plus encombrée par tous les papiers de grand-père ?

Le dos de Roxane se figea.

— Je ne veux plus de son désordre.

Le grand-père de Camille avait l'habitude de s'accompagner partout de ses vieux papiers couverts de calculs savants, qu'il posait n'importe où. Cela plaisait à sa petite-fille, qui dessinait dessus. Avec toutes ses feuilles, Charles lui donnait l'impression de relire la même histoire qu'il était incapable d'apprendre. Roxane avait donc déjà tout repris en main, par téléphone et en quarante-huit heures ! Camille en était maintenant tout à fait sûre : sa mère était omnipotente.

Les coupes de fruits pleines, les bougies qui attendaient partout, raides et sans avenir d'aucune sorte : brûler n'était pas une option, l'électricité faisait son travail, et tout avait été nettoyé. Le fouillis et la chaleur de son grand-père n'étaient plus qu'un souvenir mort. Le rocking-chair d'Hélène attendait en revanche auprès de la fenêtre donnant sur le parc. Il attendait depuis toujours.

— Ne t'avise pas de t'asseoir sur ce fauteuil à bascule, Jack, expliqua Camille.

Roxane, assise à côté du petit garçon, leva la tête vers sa fille.

— Pourquoi lui dis-tu cela ?

— Je ne sais pas. S'asseoir sur ce fauteuil est interdit, non ? Pardon si je me trompe.

— Il est fragile, voilà tout. Et puis il y a d'autres fauteuils beaucoup plus confortables.

Le rocking-chair semblait se balancer, animé par un fantôme inconnu de presque tous. Camille regarda Émilie qui finissait d'installer la table dans le grand salon. La jeune fille jouait un rôle bien trop rigide pour elle, c'était évident. Elle appartenait à un autre monde, concret et léger, beaucoup plus rassurant que celui de Camille. Avait-elle déjà croisé cette fille durant son enfance ?

Roxane lui assura que non : à l'exception de Jean, tout le personnel venait d'être engagé. Mais la vision du gâteau attendant sur une desserte lui rappela tant de saveurs d'enfance !... Elle aurait juré qu'il était au citron. Jack s'approcha de sa mère.

— Veux-tu que nous montions retrouver nos chambres ?

Et elle partit avec son fils vers le hall.

*

Camille se retrouva dans une chambre dont elle n'était jamais partie. Tout était là. Elle inspira et se vit évoluer dans chaque couloir, rire derrière les portes et épier les grandes personnes de cette immense demeure.

Que s'était-il passé entre-temps ? Elle l'avait oublié. Elle n'avait été que cette petite fille. Le reste était un voyage brumeux d'où elle avait dû revenir. Son enfance avait plus de consistance que la semaine passée. Camille n'osait plus bouger.

Les hauts murs la couvaient de leur douce grisaille. Elle hésita à se laisser aller. Parce que revivre le passé pouvait durer des heures. Cette odeur. L'humidité de la pierre et le grincement du parquet. Ne pas s'approcher de la fenêtre. Parce qu'alors, ce serait l'ombre des collines sous la lune. Les étoiles comme un songe éternel et grave. Les oiseaux de nuit s'agitant dans le lointain. Tant d'émotions enfouies ! Qu'elle l'aimait sa montagne Noire ! Comme un être chéri qui toujours vous rejoint.

Rien n'avait changé. Il restait encore les roses séchées sur sa petite table de nuit… Non, elle se trompait. Les touches de roses, mortes, étaient celles de l'édredon vieillissant. Roxane avait dû l'oublier, c'était une chance ! Cet édredon dans lequel elle aimait se blottir la nuit lorsqu'elle avait peur. Sur la table de nuit en bois vermoulu ne restaient plus que des livres d'enfant, un bénitier ancien et une vieille lampe qu'il faudrait astiquer. Finalement, sa mère n'avait rien touché ici, elle avait oublié le territoire de sa fille. Des rêves d'histoires lues dans ce cocon lui revinrent en mémoire. Les amours perdues au fond d'un lac, les voyages de retour d'enfer, et tant d'animaux mystérieux ou complices. Elle fixa l'armoire. Toucher les tissus, revoir ses robes flottantes qu'elle aimait porter dans les broussailles. Parce que le tissu la retenait et que cela donnait de l'énergie à chacun de ses pas. Mais, pour l'instant, c'était trop. Elle ne voulait plus se laisser submerger.

Jack. Où es-tu ?

Son fils était là, jouant à cache-cache avec les rideaux de la chambre. Mais il n'aurait donc jamais sommeil ?

II

CONTE HABILITÉ

Roxane étouffa un bâillement et frémit. Un texto ! Sauvée.
« Qu'il repose en paix. Toutes mes condoléances Roxane. »
Elle pianota rapidement une réponse.
« Merci. Ici, tout va bien malgré la fatigue. »
Roxane remit en place sa voilette pour se donner une attitude plus recueillie. Le groupe qui l'entourait avait paru choqué d'entendre un vibreur. Ils s'en remettraient. Elle était heureuse qu'Hugo ait pensé à elle. Charmant garçon, vraiment. Pour un peu, elle aurait pris de ses nouvelles. Quel temps faisait-il en Bretagne au fait ? Elle était partie aux premières heures du jour et n'avait pu se rendre compte si la journée serait ou non exceptionnellement belle. Ici, le vent d'autan la cernait de toute part. Le vent des fous…

Elle lissa sa jupe noire et écouta le prêtre avec plus d'attention. Il avait été difficile à faire déplacer celui-là ! Quand avait-il eu le temps d'écrire un pareil discours ? Sans doute des formules lambda… Chacun son métier. Mais il fallait bien admettre que la mise en terre se déroulait parfaitement. C'était heureux. Les enterrements, Roxane trouvait ça mortel, comme toutes les réunions de famille au demeurant. Elle retint un fou rire de justesse. La fatigue sans doute. Depuis son lever à l'aube, elle avait l'impression de vivre trois journées en une. Elle avait hâte de se retrouver au château et de planifier la suite des événements depuis son bureau en bois massif, plus solennel qu'un autel... Quel besoin avait eu son père de faire construire des horreurs pareilles ? L'imbécile. Il aurait mieux valu qu'il l'écoute, vende tous ses biens pour acheter un logement plus fonctionnel. Pourquoi personne ne l'écoutait jamais ? Bref. Camille enfant aimait ces volumes disproportionnés, ces portes immenses et ces parquets sombres. Alors, son grand-père avait tenu bon, drapé dans la fierté du maître. Roxane enrageait encore. Heureusement qu'elle était patiente ! L'abnégation, le maître mot de sa vie. Il avait fallu céder devant Charles et maintenant sa fille prenait le pas sur ses décisions, se moquait d'elle. La suivre à Syren, quelle idée ! Les larmes lui montèrent aux yeux. Elle enrageait de son impuissance. Camille ressemblait à une plume qu'elle ne pouvait entièrement saisir mais qui l'attirait, l'attirait, beaucoup plus loin qu'elle ne pouvait le supporter. Roxane, elle, c'était quoi ? Un animal triste et froid. Ordonné. Un castor qui aurait fini de construire sa cabane et serait devenu le gardien de son œuvre minable. Elle était née rabat-joie. « Regarde, Roxane, comme la ville est belle ! », lui chuchotait autrefois son père depuis le balcon de sa chambre. Ce n'était que des lumières électriques ! Des lampadaires. Et un village. Rien d'admirable en somme.

On avait fait d'elle une personne amère et dépitée.

En marquant d'une croix d'eau bénite le cercueil de Charles, Roxane eut le sentiment de signer le deuil de son ancienne vie. Est-ce que tout serait différent désormais ? Non, tout devait continuer et sans son père, à cause de qui elle avait été obligée de partir.

— Vous devez être bien triste, mademoiselle Roxane. Nous vous souhaitons beaucoup de courage.

Ce merveilleux « mademoiselle »... Une véritable cure de jouvence.

— Merci.

Une vingtaine de personnes défilaient devant elle à l'entrée du cimetière. Les fidèles, qu'elle avait toujours connus. Pour lesquels elle restait « mademoiselle Roxane ». Ils étaient touchants tout de même.

Cela avait été difficile de quitter Syren il y a trois ans, plus qu'elle ne se l'était d'abord imaginé. Elles étaient parties, elle et sa fille, lorsque celle-ci lui avait annoncé qu'elle attendait Jack. Roxane n'aurait pas supporté de revivre auprès de son père ce qu'elle avait subi durant sa propre grossesse. L'émerveillement incompréhensible. Alors elle avait décidé de s'enfuir le plus loin possible, dans le Finistère, pourquoi pas ? La situation l'exigeait. Et puis, sa fille était trop jeune pour s'occuper seule d'un bébé. Charles n'avait rien eu à dire, il n'y connaissait rien. En le voyant embrasser la jeune fille une dernière fois, elle s'était félicitée de son choix. C'était la meilleure décision à prendre.

Roxane n'avait pas encouragé le patriarche à leur rendre visite. Il l'avait bien saisi. Comme d'habitude, Camille avait suivi, ne s'était pas révoltée. Il ne valait mieux pas, Roxane ne l'aurait pas toléré. Leur vie en Bretagne, avec le petit Jack, s'était déroulée sous les meilleurs auspices. On les avait bien considérés avec curiosité au départ, cette famille ne ressemblait à aucune autre, mais Roxane se moquait éperdument du regard des autres. Le village s'était habitué avant qu'elle ne se lasse. Personne là-bas ne comprenait sa fille comme Charles. Roxane restait donc seule maître à bord.

Jack était né en bonne santé. Un sourire franc, des yeux sombres et des cheveux fins et clairs. Simplement, au fil du temps, il avait fallu se rendre à l'évidence : il ne parlait pas. Les médecins n'avaient pas de réponse. Tout était en place, aucun trouble auditif, cet enfant ne ressentait tout bonnement pas le désir de s'exprimer. C'était la grande affaire de cette famille, le saint graal que Roxane avait bien l'intention de conquérir : la parole de Jack.

Pour couronner le tout, la relation de Camille et de Jack dépassait Roxane. Un fil invisible existait entre eux, qu'elle ne pouvait saisir. Étonnamment, sa fille arrivait à communiquer avec lui, posant les questions ou donnant les réponses. Pour rien au monde Roxane ne l'aurait admis : Camille possédait l'essentiel de ce qui fait une mère. Elle entendait son fils. Mais Roxane maîtrisait tout le reste et rien ne lui échappait. La vie quotidienne avec son lot de contraintes était son domaine et il était hors de question qu'on l'en dépossède. Chaque jour appartenait à Roxane.

*

— Au château, Louis, je vous prie !

Sur la route en lacets, elle se mit à organiser l'arrivée de Jack, le soir même. Quel dommage de n'avoir pas eu le temps d'inviter des amis, d'acheter des ballons, de s'offrir les services d'un clown même, pourquoi pas après tout ? Mais les circonstances ne s'y prêtaient guère. Pourtant, son petit-fils aurait adoré, elle en était sûre. Une ambiance festive lui aurait permis de se sentir plus à l'aise dans cette nouvelle demeure bien moins chaleureuse que la sienne à Bélivère. Enfin, elle gâtait trop Jack sans doute… Elle aussi avait été une enfant choyée. Mais c'était étonnant de constater à quel point elle ne s'était pas contentée de cette place.

Louis arrêta la voiture devant le château. Maintenant, c'était Roxane la maîtresse des lieux. Elle lut seize heures à sa montre : il était temps de ranger les trois grandes pièces du rez-de-chaussée. Le grand salon, à gauche du hall, servait de salle à manger. La fastueuse salle de réception le séparait du petit salon, sur la droite. Elle s'engagea donc dans la pièce centrale, la plus belle du château. L'immense table était encore couverte par des documents de Charles. Plus rien que des papiers griffonnés posés pêle-mêle sur les meubles poussiéreux... Comme si les écrits avaient étouffé toute vie, éteint toutes les lumières. Le châtelain ne recevait manifestement plus mais cela ne l'avait pas empêché de se répandre. Il ne fallait pas que Camille voie tout cela, il ne fallait pas qu'elle lise ces lettres. Charles y faisait vivre la petite-fille mutine que Roxane essayait de tuer. Camille chercherait ces courriers, comme Roxane, toute sa vie, avait cherché le livre de contes que sa mère lui lisait tous les soirs et que Charles avait fait disparaître pour qu'il ne lui cause plus de peine. Hélène n'était plus là. La mère de Roxane avait disparu. Un soir de pluie elle n'était pas rentrée. La petite Roxane ne l'avait plus revue lire, repriser ou donner des ordres pour que tout soit prêt. Cette vie d'un autre âge. Que tout soit prêt... Ce fameux « tout » dont Roxane adulte s'était par la suite occupée. Elle n'avait jamais su où sa mère était partie, ni pourquoi elle n'était plus là. Charles parlait d'un voyage. Mais on revient de voyage. Elle avait demandé, fouillé... Et son père lui racontait d'autres histoires. Pour qu'elle oublie, qu'elle ne cherche plus, qu'elle ne soit pas triste. Elles coûtaient cher ses histoires !...

— Jean !

Le majordome vieillissant approcha.

— Est-ce que tout se passe pour le mieux, mademoiselle ? Je veux dire, le moins mal possible ? Si je peux faire quoi que ce soit pour vous en ce jour de grand deuil, n'hésitez pas à me le dire. J'aimais beaucoup votre père.

— Je le sais, Jean. Merci.

Devrait-elle encore remercier beaucoup de monde, sapristi ?

— Jean, puisque vous me le proposez si gentiment, pourriez-vous rendre la salle de réception plus accueillante ? Remettre des bougies neuves et, surtout, débarrasser toutes les tables chargées de ces documents inutiles. J'ai fait engager une jeune fille, Émilie, je crois, pour vous épauler. Rassurez-moi, elle est bien arrivée ?

— En effet, mademoiselle, ce matin même.

— Très bien. Mettez-vous donc tout de suite à la tâche avant qu'Émilie ne s'occupe du repas. Je veux que mon petit-fils se sente à l'aise dans le château.

— Parfaitement, mademoiselle. J'ai cru comprendre qu'Émilie aimait beaucoup cuisiner. Ne plus avoir à m'occuper des repas est un vrai soulagement.

— Je m'en doute, Jean. Même si mon père n'avait pas un appétit féroce.

— En effet, Monsieur se contentait du peu que je lui préparais.

— Et qui représentait déjà beaucoup de travail, j'en suis certaine. Merci à vous, Jean.

Roxane se réjouit. Elle était passée maître dans l'art de recevoir depuis son adolescence. C'était au cours de l'une des soirées qu'elle donnait à Bélivère, un mardi soir donc, qu'elle avait rencontré Hugo. Elle l'avait tout de suite envisagé comme une merveilleuse solution de secours pour sa fille. Confiant, ne s'effarouchant pas de ses possibles défauts. Il était parfait. Les deux jeunes gens s'étaient d'ailleurs rencontrés précédemment, dans une boutique du village. Ce que c'était que le destin tout de même ! Un étudiant en architecture était fait pour une petite évaporée comme Camille. Cette dernière rechignait, bien sûr. Mais Roxane était malgré tout fermement résolue à faire venir Hugo à Syren au plus vite.

Son agenda !

Après avoir salué Émilie et vérifié qu'elle et Jean avaient bien commencé leur travail de dépoussiérage, elle sortit de la pièce et s'avança dans le grand escalier. Son bureau se trouvait juste au-dessus de la salle de réception, dans l'ancienne chambre de Charles. Elle en avait décidé ainsi dès l'annonce de sa mort. Roxane y avait fait déplacer l'espèce de catafalque qui encombrait sa chambre. Désormais, elle dirigerait sa vie et celle des autres depuis cet endroit, à son avis très stratégique.

Évitant les cartes et encyclopédies diverses qui traînaient par terre, elle s'assit à son bureau qui faisait face à l'entrée, le dos à la fenêtre. Elle prit un grand cahier à la couverture marron et étudia son contenu. Après quelques minutes de réflexion, Roxane écrivit à Hugo depuis son téléphone :

« Tout se déroule au mieux. Je pense que Camille sera ravie (ainsi que moi) de vous revoir dès notre installation faite. Seriez-vous disponible pour nous rejoindre d'ici une quinzaine de jours ? »

Puis elle posa l'appareil près d'elle, rassérénée. Son favori serait près d'elles, c'était certain. Camille avait de la chance d'être ainsi épaulée par sa mère ! C'était sans doute pour cette raison que la jeune femme pouvait se permettre une telle spontanéité… Roxane au contraire avait dû ligaturer son cœur pour ne plus le donner, pour ne plus le sentir souffrir. Quelle injustice !

Tout en triant les ouvrages posés au sol, Roxane se demanda si son père pouvait la voir, d'où qu'il se trouve à ce moment précis et lire en elle aussi clairement qu'il avait lu en ses ciels d'étoiles.

— Ça t'en bouche un coin, pas vrai, papa ?

Mais la vibration de son téléphone, à même le sol, la ramena à la réalité. Hugo.

« Je serai ravi de vous retrouver ainsi que Camille samedi en 15. Merci à vous Roxane. »

Et voilà ! Enfin quelqu'un pour la remercier et non l'inverse. Tout reprendrait sa place avec l'arrivée du jeune homme. Ce dernier avait été stupéfait d'apprendre que Camille s'était opposée à sa mère en ne restant pas à Bélivère. Roxane et Hugo s'étaient convaincus depuis que la jeune femme remonterait en Bretagne au plus vite, près du jeune architecte. Il suffisait de la convaincre peu à peu. Elle ne résisterait pas à ses discours lorsqu'elle le retrouverait.

Roxane, satisfaite, se redressa, s'étira et se rassit à son bureau. Elle se rendit compte qu'elle n'avait pas encore pris le temps d'ôter son chapeau. Elle enleva les pinces qui le retenaient à sa douloureuse chevelure et se massa doucement la tête, accoudée à sa table. Puis elle se saisit d'un stylo, concentrée à nouveau sur les deux semaines à venir.

Les deux merveilleuses prochaines semaines.

*

Camille la déçut au cours du souper. Certes, elle était végétarienne mais était-ce bien une raison pour pleurer à la vue d'un poulet rôti ? Émilie qui était si fière de montrer ses talents de cuisinière ! La cuisson du volatile semblait parfaite au demeurant. Pourtant, contrairement à ses promesses, la petite princesse les avait beaucoup fait attendre. Lorsqu'elle était enfin descendue, on aurait pu croire que Camille avait croisé le Christ ou un personnage approchant. Transfigurée. Presque transparente.

— Que se passe-t-il, ma chérie ?

— Rien. J'ai retrouvé toutes mes émotions anciennes.

— Oui, eh bien, oublie-les un peu, veux-tu ? Tu fais peur à Jack et nous allons manger si tu le permets. Il est déjà tard.

Elle avait dégusté les tomates du jardin, faisant partager sa joie à sa mère et à son fils. Roxane aurait dû se méfier.

Lorsqu'Émilie s'était avancée toute fière, le plat à la main, Camille avait craqué, essuyant fébrilement les larmes sur ses joues.

— Camille, tu pousses un peu loin l'amour des bêtes. N'en dégoûte pas les autres.

— Pardon, c'est cette odeur qui me rappelle tant de choses.
— Tu n'as pas attendu Syren pour sentir un poulet rôti, il me semble.
— Non, mais je suis un peu fatiguée, voilà tout. Ne t'inquiète pas, maman, ça va passer. Tout va bien.

Roxane ne s'inquiétait pas, non. Ce n'était pas le terme. Cette enfant avait le don de casser une ambiance. Enfin, le gâteau au citron rattraperait tout.

— Jack, connais-tu l'anecdote du petit pot de beurre ?

Devant l'expression interrogative de sa fille et de son petit-fils, Roxane se lança.

Allons, ce n'est pas tous les jours que l'on enterre son père.

Petite, Roxane avait planifié une évasion. Pour faire des courses. Simple et efficace. Elle avait atterri dans un endroit aseptisé et bruyant dans lequel elle avait cherché un petit pot de beurre. Elle l'avait découvert puis était partie. Et on l'avait arrêtée. Évidemment, la petite fille avait oublié qu'il fallait payer. Pourtant, non, elle n'était pas idiote. Enthousiaste. C'était très différent. Ce petit pot de beurre, elle l'avait trouvé ! Alors que, bien franchement, un petit pot de beurre dans une grande surface, hein ? Pas évident, non ?

Roxane avait appris plus tard que l'on appelait ça une « plaquette de beurre » ou du « beurre » tout court. Elle avait expliqué à l'espèce de garde venu l'arrêter à la sortie du magasin les raisons de son acte. Elle avait voulu se rendre utile. Parce que c'était très important. Elle ne servait tellement à rien qu'elle se sentait idiote. Aider toutes les personnes épuisées qui l'entouraient, parler comme elles, se révolter aussi et avoir très peur de l'avenir. Parce qu'il était noir, l'avenir, elle s'en rendait déjà compte. Bref. Et de lui expliquer comment elle fonctionnait et à quel point elle l'admirait, lui, gardien de l'ordre. Parce que c'était beau de s'oublier comme ça. Elle ne s'oubliait jamais. Bien au contraire. Elle s'encombrait elle-même. Et ce petit pot

de beurre, c'était son message au reste de l'humanité : « Moi aussi, je peux m'investir pour les autres. »
— Un petit pot de beurre vous permet de vous investir ?
À l'expression du vigile, elle avait compris qu'il était perdu et qu'il devait se concentrer.
Rappelle-toi, Roxane, pourquoi tu es ici.
— J'ai voulu faire des courses simples. Du beurre. J'ai simplement oublié de payer. C'est normal. Pas évident mais logique. Va falloir faire avec. Le principe de réalité.
Regard vide.
— Un petit pot de beurre vous permet de vous investir ? avait-il répété.
— Oui.
— Dans quoi ?
— Dans la société.
— Développez.
— Très bien.
Elle avait repris son souffle.
Roxane, ne te ridiculise pas. On t'attend. Ces yeux t'écoutent très nettement.
— À table, beaucoup de vieilles dames ou de jeunes messieurs demandent comment faire les merveilleux gâteaux que ma famille sert régulièrement à l'heure du thé. Immanquablement, la recette contient des œufs et du beurre. Qui se vend, comme chacun sait, dans des petits pots. Du moins, le croyais-je.
— Vous n'avez pas la télé ? Les publicités, vous connaissez ?
Il pensait langage commun, publicité donc.
— Bravo. Vous êtes perspicace, ne le niez pas. Vous m'avez sciée.
Silence.
Souvent, elle se sentait très décalée. Elle avait bien vu l'homme perplexe devant son cas. Comme tant d'autres. Loin d'ignorer la question, elle avait répliqué courageusement :

— Oui, j'ai la télé. Mais je ne la regarde pas. Et ce n'est pas le propos, me semble-t-il.

Bien !

— Je voulais montrer que je sais *où* acheter du beurre. Et sur ce point, monsieur l'agent, je ne me suis pas trompée. Avouez.

Il n'avait pas avoué. Roxane avait trouvé cela assez mesquin.

— Vous avez quel âge ?

— Sept ans.

— Vous habitez loin ?

— En haut de la colline.

— Votre adresse ?

— Alors là !…

D'une mimique complice, elle lui avait fait comprendre que vraiment, non, elle ne savait pas.

— Mais comment allez-vous faire pour rentrer chez vous ?

— Je connais la route !

Des fois, les gens se noyaient dans un verre d'eau, c'était un peu pénible.

Le vigile lui avait souri, puis expliqué qu'il s'appelait Patrick et qu'il allait appeler son cousin gendarme qui la ramènerait chez elle, sans doute avec un collègue. Roxane avait répondu à son sourire. Elle y croyait à peine ! Pas si naïve.

Le cousin de Patrick avait eu l'air bien moins commode :

— Vous allez nous guider jusque chez vous.

— Très bien.

— Laissez le « petit pot de beurre ».

Zut. Ils ne l'avaient pas oublié.

Elle avait pris sa démarche la plus digne et l'avait suivi.

Ils avaient roulé jusque devant le portail du château, qui, lui, ne faisait pas non plus dans la tendresse. Il l'avait jaugée et avait attendu tranquillement qu'elle sonne. Le fourbe ! Elle aurait tellement préféré qu'ils l'embarquent plutôt que

d'affronter son père ! Elle s'était retournée en mettant tout le désespoir du monde dans chaque ombre de ses cils mais rien n'y avait fait. Sa noblesse implorante ne les avait pas touchés. Leur verdict avait été sans appel :
— Sonnez.
Mon Dieu, donnez-moi la force, si vous existez !
Et elle avait sonné. Avec en fond comme une prière. Elle avait encore échoué lamentablement. Et ça Le ferait sourire. En haut de l'escalier, Il apparaîtrait. En majesté. Lui demandant ce qu'elle avait voulu faire. Les gendarmes riraient et rassureraient Charles en lui affirmant que Roxane était une enfant très sympathique. Sans doute un peu inexpérimentée.

C'est exactement ainsi que les choses s'étaient passées.

Avant de partir, ils avaient partagé un verre avec le châtelain. Pendant qu'ils discutaient, une tristesse profonde avait recouvert le cœur de Roxane à mesure que les ingrats l'oubliaient. Elle avait été idiote, s'était trompée. Elle s'était tournée vers la fenêtre. Encore s'évader... Et puis, un jour, ils verraient. La lune, rousse comme elle, mais beaucoup plus douce et pleine, l'avait appelée à travers les carreaux ondulants, le verre poli par des siècles de regards d'enfants.

— Fin de l'histoire ! Mangez votre gâteau !

Et Roxane saisit sa petite fourchette en argent.

C'était au tour de Camille et de Jack de la dévisager avec des mines effarées.

— Mais ton histoire est magnifique, maman !

Roxane regrettait déjà son envolée lyrique.

— Merci. Votre dessert maintenant. Il se fait tard.

Ils finirent leur repas en silence, surpris chacun par le moment qu'ils venaient de vivre.

*

Le lendemain matin, à son réveil, Roxane se rappela qu'elle n'avait pas parlé à Camille de son projet de faire venir Hugo à Syren. Mais elle y penserait plus tard : il était temps de se préparer. En se levant, la vue sur le village la revigora. Cette même vue que son père lui faisait admirer lorsqu'elle était enfant. Roxane se couvrit d'une robe de chambre, enfila ses pantoufles et sortit dans la galerie. Lorsqu'elle arriva dans la cuisine, elle fut surprise d'y trouver Camille, discutant chaleureusement avec Émilie.

Roxane vérifia l'heure sur le four. Sept heures trente.

— Coucou, maman, bien dormi ? Je rassurais Émilie sur son poulet.

Ne plus jamais commander de poulet. Pas avant une bonne année.

— Très bien, ma chérie. Affaire classée alors. À moins que d'autres plats ne te mettent dans le même état. Peut-être pourriez-vous en dresser la liste ensemble ?

— Maman, comme tu es drôle depuis hier !

Roxane appuya sèchement sur le bouton du grille-pain.

— Tu es déjà debout ?

— Oui, j'ai décidé de vite trouver un travail. Et j'ai aussi pris le temps de signer les documents nécessaires pour la rentrée de Jack à l'école.

Que se passait-il ? Roxane ne reconnaissait pas sa fille. Depuis le lamentable épisode de la Rose, Camille ne travaillait plus que de temps en temps, c'est-à-dire quand elle le voulait ou le pouvait, essayant de garder sa place de conteuse, mais c'était peine perdue : elle ne se montrait pas assez volontaire. Hugo, l'Élu, avait aidé la belle évaporée à reprendre confiance. Il l'avait encouragée à prendre des cours de théâtre et Roxane avait trouvé l'idée excellente. Toutes les idées d'Hugo étaient excellentes. Il fallait juste que sa fille s'accroche un peu. Mais elle ne l'avait pas fait, bien sûr. Que s'était-il passé cette nuit ?

— Il semblerait que tu aies bien dormi, dis-moi.
— Assez peu, mais oui, très bien.
— Et comment comptes-tu trouver un emploi si vite ?
— Je vais repérer les lieux. Émilie accepte de me prêter sa voiture pour la matinée.

Roxane mitrailla la jeune fille du regard.

— Eh bien eh bien, vous êtes adorable, ma fille. Reviens à temps, Camille. Aujourd'hui, Émilie finit son service à dix-sept heures.
— Nous en avons discuté. Je serai rentrée bien avant.
— Très bien. Pourrais-tu me conduire au village d'ici quelques minutes ? Sans vouloir te retarder, bien sûr. J'appellerai pour décommander Louis qui devait venir à dix heures.
— Je t'attends. Je n'ai pas fini mon café, prends ton temps.
— Merci.

Roxane sortit. En passant dans le grand salon, elle repoussa bruyamment le tiroir d'un buffet à moitié ouvert puis monta se préparer.

Dans la voiture, Camille demanda à sa mère où elle souhaitait qu'elle la dépose.

— À la mairie. Je dois rencontrer M. Jadas.
— Qui est…
— M. le maire.
— Ah bon.

Ces réponses l'agaçaient toujours. Les amis de Roxane occupaient des postes dont Camille ne soupçonnait même pas l'importance. Ne pouvait-elle pas faire un effort pour s'y intéresser ?

— Oui. Il faut que j'aille le saluer, d'autant qu'il n'a pas pu se libérer pour l'enterrement.

Le silence de Camille surprit Roxane.

Bien sûr, sa fille n'avait pu être là non plus ! Encore une histoire pour pas grand-chose…

— Et que comptes-tu faire de beau de ton côté ?

—Je pense repérer un peu les lieux.
—Lesquels ?
—Autour du village...
On pouvait à coup sûr compter sur sa fille pour vous renseigner sur les coins à champignons. Pour faire fortune, c'était une autre paire de manches.
—Maman, voudrais-tu te promener avec moi dans le parc ce soir ?
—Si tu veux, Camille. Mais tu as dépassé la mairie.
—Pardon. Syren est vraiment minuscule.
—À qui le dis-tu !
Et Camille déposa sa mère, lui envoyant un baiser de la main.
Roxane la vit disparaître au coin de la rue, puis elle monta jusqu'au perron de l'hôtel de ville. La porte d'entrée résista. Un panneau indiquait que la mairie ouvrait à neuf heures. Roxane sortit son téléphone : huit heures dix. Elle posa ses mains sur ses hanches et inspira profondément. Elle aurait besoin d'un bon café.

*

Lorsque Roxane sortit de la mairie, ravie de ce moment passé avec les responsables de sa ville, elle décida de traverser la place et de se perdre dans les petites rues médiévales de Syren. En approchant de l'église, elle tendit l'oreille. La voix de Camille. Seule. Ce n'était pourtant pas jour de messe, elle aurait entendu les cloches.
Roxane franchit le porche de l'église pour la deuxième fois de la semaine.
Après son père, sa fille...
À l'intérieur, la fraîcheur apaisante saisit Roxane ainsi que l'odeur lointaine d'encens. Camille, de dos dans le chœur, faisait des vocalises.

— Camille, tout va bien ?

La jeune femme ne sembla pas surprise outre mesure par la question de sa mère.

— Parfaitement. Et toi ?

— Qu'est-ce que tu fais là ?

— Des vocalises.

— Oui, je le vois bien mais pourquoi ?

— Est-ce que tu as entendu ma voix de très loin ?

— Assez loin pour que cela m'intrigue et me pousse à entrer à nouveau dans cette église.

— Oui, voilà.

Et Camille tomba dans ses réflexions.

— Mais Camille, qu'est-ce qui te prend ? Pourquoi venir ici ?

— Pour l'un de mes contes. Me rendre compte de la sonorité de cet espace.

— Et tes conclusions ?

— Je pense que je prendrai contact avec le responsable de cette paroisse.

Très bien. Après les champignons, les prêtres.

— Camille, il n'y a pas de mal à chanter dans l'église de Syren. Mais pendant la messe. Quand on te le demande en somme. Hors contexte, c'est assez intrigant.

— Bien sûr. Rentrons au château, la voiture n'est pas loin. J'en ai terminé pour aujourd'hui et je dois m'occuper de Jack.

Camille resta concentrée durant tout le trajet. Après avoir garé la voiture, elle demanda à sa mère si elle pensait que M. le maire connaissait le prêtre. Roxane ignora la question.

— J'ai du rangement à faire dans la bibliothèque.

— Merveilleux. Je te suis.

Roxane serra les dents. La bibliothèque était le dernier endroit dans lequel elle souhaitait voir sa fille.

— Non, finalement je pense plutôt envoyer quelques courriers depuis mon bureau.

Refrain

— D'accord. Je t'y rejoindrai ce soir.

*

Ce soir-là, Roxane travaillait, Camille rêvassant sur le divan installé dans le bureau. Ses cheveux blonds la couvraient comme un voile et une fine ceinture autour de la taille lui donnait l'allure d'une guerrière de vitrail. Sa mère la regardait à la dérobée mais Camille continuait de jauger le lustre. Roxane ne lui faisait pas peur. Sa présence ne la gênait pas. Si peu de gêne dans la vie de Camille. Elle avait l'aplomb tranquille de l'animal majestueux qui semble vous dire : « Je t'attends. Fusille-moi. » Au bout d'un moment, elle enfila sa cape et quitta la pièce. Elle avançait à travers la galerie silencieuse. Les petites lumières que Roxane avait fait installer au sol s'allumaient sur son passage. Camille ne leur accordait aucune attention, elle qui aurait trouvé naturel d'évoluer à la lumière de bougies ou même à tâtons. Elle n'était pas concrète. Elle rejoignait le chemin du parc. Roxane la suivit. Dehors, sa fille se retourna et l'étonna de son regard sombre. Le regard de Jack. Camille savait que sa mère était là, derrière elle.

Roxane s'efforça de lui sourire :

— Nous marchions quelquefois dans ces bois lorsque tu étais petite. Tu m'expliquais tous tes rêves d'enfant.

À cette époque, Camille ressemblait au Petit Chaperon rouge conduisant le loup, confiante avant d'être dévorée. Elle racontait la même chose que tout un chacun à son âge. Des projets merveilleux. Ses phrases ne voulaient rien dire pour Roxane, mais sa fille ne paraissait même pas ennuyée, ni encombrée par la posture d'adulte et l'autorité de sa mère. Non, c'était Camille enfant qui pesait sur elle. Toujours. Et sans en avoir conscience.

Elles reprirent leur marche. Où l'emmenait Camille ? « Maman ? Maman ! » Derrière sa fille, un grand monstre de chemin noir les attendait. Roxane était sûre que Camille la dompterait un jour avec son doux sourire. « Viens, maman ! » Et elle la suivait.

*

Roxane se promenait sur les bords de la rivière, son petit-fils marchant à ses côtés. Le bilan de ces derniers jours était désastreux. Camille n'avait pas apprécié son retour à Syren comme elle l'aurait dû. Éternellement inspirée, la petite princesse s'impatientait à l'idée de retrouver sa chambre, sa forêt, son travail, évoquant sans cesse tous les souvenirs que son édredon, ses rideaux ou d'autres babioles lui rappelaient. Ce mercredi devrait être plus conforme aux projets de Roxane.

Le caillou fit un bruit sourd dans le courant rapide.

— Bravo, Jack ! Tu en as de la force, dis-moi.

Cet enfant était nerveux, bien sûr. Il s'accommodait de son nouvel espace. L'ancien petit lit de Camille ainsi que sa chambre, couverte de tapis de jeux et remplie de coffres à jouets. Le petit garçon y avait passé toute sa journée de la veille en compagnie de l'indispensable Émilie. Au moins, Roxane ne l'entendait pas dans les couloirs comme lorsque sa fille était enfant. La jeune exploratrice courait partout et Roxane aimait alors lui demander froidement pourquoi elle faisait cela. La mine soudain attristée de l'enfant. Qui ne savait quoi répondre. Alors Roxane repartait en silence, victorieuse.

— Pourquoi fais-tu souffrir ta fille ? lui demandait alors Charles.

Roxane se ressaisit. Aujourd'hui, c'était Jack qui l'accompagnait vers le village. Une simple lettre à poster. Surtout un prétexte pour se faire un peu remarquer des notables. Les mondanités figeaient immanquablement son incapable de fille. Ses réponses obscures, ses gestes contraints et les phrases sans fin justifiant son travail de conteuse qui, pour tous, n'en était pas un… Bref. Encore un impératif auquel Roxane devait se plier. Quasiment tous les villageois lui étaient vaguement familiers mais peu savaient que la fille de Charles était définitivement de retour. Une bonne raison pour faire le grand voyage et passer le pont.

Tu parles d'un bled.

Enfin, elle avait le château, elle n'avait pas le droit de se plaindre.

— Allez, Jack, je vais te faire découvrir toutes les boutiques du village. Ne t'inquiète pas, nous n'en aurons pas pour des heures.

Elle s'étonnait souvent du degré de concentration de Jack. Les enfants n'avaient pas d'humour, certes, mais elle avait l'impression que celui-ci jugeait, et même triait ses traits d'esprit.

C'est qu'il la rendrait muette aussi, ma parole !

Roxane présenta Jack au plus grand nombre avant de reprendre la route du château. Confiant le garçon à Émilie pour le repas, elle s'enquit de sa fille. Où se trouvait-elle ? Dans sa voiture sans doute ?… Non, sous une tente.

— Une tente, Émilie ? Vous allez bien, ma fille ?

— Oui, madame. Simplement, je n'ai pas très bien compris mademoiselle Camille.

Évidemment, elle ne pouvait pas demander à Émilie de l'appeler elle aussi mademoiselle. Dommage.

— Oui, Camille peut se montrer un peu… confuse. Mais je la trouverai.

Roxane allait s'engager dans l'escalier quand Émilie l'interpella :

— Mademoiselle m'a parlé d'une tente dans le parc.

Le saule pleureur ! Cet arbre chéri entre tous qui servait de cachette à la petite fille. Roxane partit à sa recherche. Fort heureusement, au contraire de sa fille, un arbre restait

prévisible, il n'avait très probablement pas changé de place. Elle emprunta le chemin descendant vers la clairière. Parler d'Hugo à Camille lui était pénible. Elle appréhendait toujours les réactions de cette dernière. Mais elle n'avait que trop tardé. Le saule pleureur était là, au bord de la rivière. Sa fille reposait, allongée au bord de l'onde sous ses branches.
Ophélie.
— Camille, il faut que je te parle.
— Oui ?
— Pourrais-tu t'asseoir, je te prie ? Je parle à tes pieds en ce moment.
— Ah oui, pardon.
La jeune femme se redressa.
— Qu'y a-t-il ?
— Hugo souhaiterait te revoir.
— Comment ça se fait ?
Toujours ses questions idiotes.
— Je n'en sais rien, mon ange. Ça se fait, voilà tout. Tu devrais être heureuse !
— Je ne sais pas.
Roxane s'énerva :
— Bon, eh bien, moi, je suis heureuse et il arrive dans une dizaine de jours, voilà.
— Ne boude pas, maman.
— Je ne boude pas mais je trouve que tu te comportes vraiment comme une enfant gâtée parfois. Je me réjouis de te faire plaisir et voilà comment tu me remercies.
Et Roxane s'assit sur l'une des racines de l'arbre. Camille lui prit la main.
— Pardon. Mais je ne comprends pas très bien l'intérêt pour lui de se déplacer jusqu'ici.
— Moi non plus, c'est certain, mais profite de ta chance et fais-lui honneur. Invite-le aux Acacias, pourquoi pas ?

— D'accord. J'essaierai.
— Tu le feras, j'en suis sûre. Allez, je ne te dérange pas plus.

Et Roxane la laissa avec son arbre. Il était temps pour elle de s'occuper de la bibliothèque. L'aménagement de cet endroit n'avait pas été repensé depuis près d'un siècle. Ces rayonnages vétustes et les échelles en bois charmaient les visiteurs, mais Roxane les voyait surtout comme le décor privilégié des dialogues entre son père et Camille. Le savant grisonnant lui lisait des contes. De plus en plus. Des vieux livres que les deux complices cherchaient ensemble. La petite fille aimait monter sur les échelles, choisir d'abord par couleur puis par titre et plus tard par auteur. Andersen étant son favori. Charles lui lisait ses fables partout. La petite assise sur ses genoux puis peu à peu attentive à ses côtés. En adoration mutuelle dans la chambre, le salon ou le parc. Ils n'existaient alors que pour eux-mêmes et Roxane ne le pardonnait pas à Camille.

*

Sept heures trente, dimanche matin. Lorsque le réveil sonna, elle était bien certaine d'être la première debout. Le week-end, à Bélivère, Camille ne se levait pas avant dix heures et jamais complètement reposée. Camille était trop absente. Voilà ce qui la définissait le mieux. Pas absente indifférente. Non. Heureuse ailleurs. Et tellement craintive. Si peu confiante. Pourtant, que pouvait-il lui arriver de mieux que cette vie de luxe, loin de toutes contraintes, que sa mère lui offrait ? Cependant, les quinze jours écoulés l'avaient quelque peu transformée.

Roxane déambulait dans le petit salon, son café à la main. Elle s'arrêta net. Des pieds dépassaient du canapé. Elle s'avança. Camille y était étendue, assoupie. Son long roseau de fille dans un rêve. Roxane scruta la pièce, perplexe. Rien qu'elles deux. Hélas... Où pouvait bien se trouver Hugo ? Elle s'attendrit tout de même devant le spectacle de sa fille endormie. Dans ces moments-là, cette dernière obéissait vraiment. Parce qu'elle redevenait sa petite. Rien n'aurait dû changer. Roxane fronça les sourcils. Camille ronflait un peu. Elle ne savait pas se faire oublier et se manifestait en permanence. Même dans son sommeil. Elle était partout. Comme un elfe.

Roxane s'agita. Huit heures ! Jack allait se réveiller. Morsure au ventre. Appréhension. Ce sentiment d'être une étrangère. Parce qu'elle avait beau tout faire, il continuait tout de même d'adorer sa mère et de ne pas lui en vouloir.

Elle s'approcha de sa fille, espérant la réveiller. Tout de même, elle aurait bien voulu savoir ce qui s'était passé la veille et où était passé Hugo. Elle s'assit lourdement sur le fauteuil crapaud qui jouxtait le canapé. Son menton posé sur la main, elle ressemblait trait pour trait à *l'Enfant boudeuse*, l'aquarelle que Charles avait commandée à l'un de ses amis. Le tableau, cloué sur l'un des murs, semblait un écho moqueur, rire inlassable et entêtant.

III

RENDS-TOI CONTE

N'empêche. Il fallait retrouver Hélène. Mickaël leva la tête de son bureau et vit le château de sa fenêtre. Syren l'inspirait, et ce depuis l'enfance. Il se remit à écrire, appliqué à la tâche :

Il était une fois, dans une ville qui ressemblait beaucoup à un royaume mystérieux, une demeure inquiétante qui ressemblait beaucoup à un château, surplombant toutes les autres. Elle avait été construite il y a fort longtemps, par un homme qui se prenait pour un roi. On y accédait par une route de virages dangereux qui partait du cœur du village et qui grimpait à flanc de colline.

La route était longée d'arbres, de sorte que l'on n'en voyait jamais la fin. À l'horizon, toujours les arbres semblaient se réunir et dire : « Tu n'es pas encore arrivé, tu n'es pas encore arrivé. » Les lacets la rendaient angoissante, cette route. Et l'on n'en voyait donc jamais la fin. C'était ce que le « roi » voulait. Et il tenait à ses projets.

La grande maison vous fixait du haut de ses trois niveaux de pierre claire. Large, solide, avec quatre tours qui l'encadraient. Les gamins du quartier observaient souvent ces tours. Par chance, ces dernières dépassaient largement le portail et

Refrain

deux d'entre elles n'étaient pas cachées par les arbres. Éclairées la nuit, ils se demandaient qui elles pouvaient bien abriter. Un petit garçon avait affirmé un jour que la lumière provenait très certainement de bougies. Et que ça ne devait pas être pratique de les allumer sans cesse. Lui et ses amis auraient bien escaladé le grillage, mais le sévère toit d'ardoise les en avait dissuadés.

À l'arrière de la propriété, un magnifique parc parsemé de clairières et d'allées sombres dominait tout le reste du paysage, le village et ses habitants. Un saule au bord d'une rivière permettait de s'étendre à l'ombre. Une petite cabane nichée dans un arbre surprenait parce qu'elle semblait une réplique de la maison de pierre mais en plus cocasse. Tout en bois. Un toit très pointu et une base très large, ce qui lui donnait l'air d'une théière gigantesque perdue au milieu de nulle part.

Très peu de personnes pouvaient décrire avec certitude l'intérieur du château. On imaginait des tentures, de l'argenterie et des dorures. Des pièces immenses et des parquets grinçants.

On n'avait pas tort.

…

Le romancier déçu soupira, s'endormant tout seul sur son texte. Aucun intérêt.

Boire un verre. Histoire d'être plus rentable.

Mickaël, trente-cinq ans, écrivain en détresse, avocat contraint. En tant que romancier amateur, s'efforçait d'écrire quotidiennement ses cinq cents caractères. Y arrivait à peu près, péniblement. Hélas, rien de brillant ne sortait de sa tête. Son ambition dépassait, encore une fois, la triste réalité. Il habitait la grande ville de province, jeune, dynamique, dans un petit appartement décoré de façon tout aussi jeune et dynamique. Lui n'était plus si jeune ni dynamique. Il restait tranquille, comme en flottement. C'était ce qui le définissait le mieux, le flottement. Comme chaque week-end, il était venu se réfugier chez son père, au cœur de leur village. Éternellement paisible. Éternellement assoupi. Le village. Pas son père. Lui, c'était plutôt le contraire. Vif, curieux de tout. Et même du reste. Productif en diable. Il habitait une maison remplie de livres, d'étuis à lunettes perdues et de stylos usagés. Lorsque Mickaël poussait la porte du salon le samedi, c'était toujours pour s'entendre interpeller vivement : « Tu as vu ? », « Tu es au courant ? » Non. Globalement, il n'était pas au courant. Ce n'était pas son créneau. Avocat pourtant. Mais végétatif. Qui attendait la Grande Affaire. Et, en attendant, écrivait.

Mal.

À force de se pencher sur son bureau, il ne ressemblait plus à rien, essayait de lisser les faux plis de sa chemise, mais rien à faire : il lui faudrait repasser, encore et toujours. Avec le vieux fer de son père, qui ne s'était toujours pas résigné à acheter une machine vapeur. Ni de machine à expresso d'ailleurs. Concernant cette dernière, on verrait bien demain matin. Il serait alors toujours temps de se morfondre. Le prochain combat à mener concernait la planche à repasser. Où la trouver ? Sous un lit ou derrière une porte ? Et laquelle ? Il s'arma de patience, redressa ses épaules et partit en exploration.

La maison s'étendait à perte de livres. Tout en profondeur avec une façade étroite de trois étages sur laquelle figurait une plaque : « Ici Michelet a écrit son *Louis XIV*. » Fierté du père historien. Professeur agrégé. « C'est pas lui qui viendrait te faire le ménage ! », répétait la mère de Mickaël, qu'il revoyait encore pestant, à quatre pattes au pied des meubles. La maison paternelle était un capharnaüm de cartes, livres, cahiers qui se structurait au fil des années, comme un cocon. Et l'équivalent de ce désordre régnait dans la tête de Philippe, le père de Mickaël.

Demander plus simplement au distrait propriétaire où se trouvait la planche à repasser était inutile. Ses bafouillements

vous faisaient très vite conclure que non, vraiment, il ne voyait pas. Pouvait-on lui rappeler ce qu'était une planche à repasser au fait ? Et sa femme avait déménagé. Pas sûr que Philippe s'en soit rendu compte...
Mickaël trouva enfin la planche. Dans la chambre d'ami. À la place du lit qui s'était effondré il y avait peu sous le poids des livres. « Je trouverai une solution », avait dit Philippe. Il l'avait trouvée, sa solution, oubliant que ses amis ne dormiraient jamais sur une planche à repasser... Presque ému de sa petite victoire, l'aspirant écrivain repensa à son texte. « Non, vraiment, allons voir au bar si j'y suis. »

*

Dehors, la pluie l'agressa. Mickaël ne s'y ferait jamais. Ne voyait pas l'intérêt d'être mouillé. Hiver comme été d'ailleurs. Un Breton bretonnant aurait affronté les embruns, en aurait redemandé en devenant marin et aurait acheté un ciré jaune. Pas lui qui aurait dû naître aux Antilles au lieu d'échouer au cœur de la montagne Noire. Pas de chance. Jamais de chance. Il remonta le col de sa veste. Inadaptée parce que perméable. Comme lui. Il était perméable. C'était le vrai problème. Il subissait et geignait. Un continental.
Froid aux pieds évidemment. Et l'impression d'incarner la future victime de Jack l'Éventreur à cause de ses chaussures qui claquaient dans les rues pavées et embrumées. Seul au milieu de rues vieillissantes. Il allait mourir, c'était sûr. Il s'arrêta, médita cette idée. Ça le laissait froid. Déjà un premier pas de franchi vers la mort.
Le bar était à l'intérieur du seul hôtel du village. Les Acacias. Acacias que l'on cherchait toujours en vain d'ailleurs. Si Mickaël venait là en ce samedi soir, ce n'était pas pour fuir son père mais pour marcher un peu, retrouver ses idées et

repenser au livre qu'il écrivait. Qu'il tentait d'écrire. Un polar astral. Pas facile. En attendant, il s'aérait en longeant la rivière sombre. À contre-courant. Comme sa vie.

Il revenait presque tous les week-ends retrouver son père à Syren. Philippe avait beau être distrait, il avait besoin de voir son fils régulièrement. Pour sa mère, c'était plus simple. Elle avait déménagé à la ville depuis dix ans déjà. Pauline et Mickaël n'habitaient pas loin, se voyaient souvent. Il fallait noter tout de même que ce dernier avait su résister à la pression maternelle et se débrouiller seul. Il faisait ses lessives et repassait son linge. Il l'avait prouvé tout à l'heure. Beaucoup d'amis, qu'il voyait en semaine. Le week-end, il n'aimait pas les envahir. Célibataire. Venir à Syren était l'occasion pour lui de rencontrer de nouvelles personnes, la plupart du temps des touristes, qu'il covoiturait jusqu'aux points stratégiques de leur nostalgique campagne. Cela permettait à Mickaël d'oublier la grisaille de ses affaires quotidiennes et sordides. Et toujours le même scénario lorsqu'il sonnait le samedi en fin de matinée :

— Ah, c'est toi ? Mais tu as mangé ?

Non, il n'avait pas mangé. Comme chaque semaine.

Un livre à la main et les lunettes relevées sur son crâne dégarni, Philippe débarquait du Versailles de 1712. Pas évident. Heureusement, son fils avait fait des courses. Les lui confiait et montait installer ses propres livres et son ordinateur dans la chambre du premier étage qui donnait sur le château.

Mickaël avait quitté Syren au même âge que tous ses amis, juste avant le collège. D'abord parti en bus, puis conduit par d'autres et enfin dans sa propre voiture. Mais il revenait toujours. Syren était un endroit auquel il était difficile d'échapper. Un lieu « habité », comme on disait, du fait de la présence obsédante des forêts alentour et du château en haut de la colline. M. Charles, le châtelain, était mort il y avait peu. La copie conforme du père de Mickaël, mais la tête dans les étoiles plutôt que dans les ors de Versailles. Légère nuance.

Mickaël fit une pause pour admirer le château au-dessus du courant. De la lumière traversait les fenêtres. Étrange. Le domaine véhiculait bien des légendes qu'à son âge on n'entendait plus clairement puisqu'il fallait pour cela une oreille d'enfant. Mais il s'en souvenait. Charles et Hélène, les châtelains du village, formaient un couple uni. Leur famille « régnait » sur Syren depuis la nuit des temps. Ils avaient leur banc à l'église et leur nom figurait au bas de plusieurs vitraux. Charles exerçait dans une grande banque de la ville. On le voyait partir très tôt dans sa voiture avec chauffeur. Il revenait très tard, et pas tous les jours finalement. Il avait hérité seul du domaine. Fils unique, une vraie bénédiction. Pour sa fille Roxane, unique également, il avait entrepris de grands travaux. Philippe avait été invité plusieurs fois au château en tant que mémoire vivante du village. Il s'émerveillait encore de ses visites : « Quel charme ! Le goût de cet homme !... » À ce point impressionné qu'il ne trouvait pas de fin à ses phrases.

Les transformations du château avaient pleinement occupé Charles, ce qui lui fut salutaire. Sa femme avait disparu un jour sans que l'on sache pourquoi ni comment. Roxane allait avoir cinq ans. Un jour, Hélène n'apparut plus à l'église et, petit à petit, on comprit que cette absence n'était pas due à une maladie ou à une perte soudaine de la foi.

Ce fut à ce moment que les légendes s'amplifièrent. Peut-être était-elle morte ? Assassinée ? Rien ni personne ne fut épargné. On aimait Charles et Hélène pourtant. Une histoire d'amour véritable. Une étrangère pas vraiment noble. Il lui avait fallu apprendre bien des codes et on la respectait pour cela. Pas fière malgré sa beauté. Infiniment fragile. Passablement neurasthénique, concluait Mickaël. Qui ne l'avait jamais vue. Il avait essayé souvent, avec ses amis de l'époque. « Chercher Hélène » était devenu l'enjeu principal de leurs rencontres. L'ascension vers le château les excitait par avance. Ils ralentissaient quand même dès que les tours de l'entrée se faisaient proches. Que faire ? À force de traîner autour des grilles, ils avaient trouvé un passage vers le parc qu'ils avaient mis beaucoup de temps à oser franchir. Ils le regrettèrent. Une grosse dame les surprit un jour, un tablier blanc autour de la taille, et se mit à courir vers eux en criant. Ils s'enfuirent avant qu'elle ne les atteigne, mais ce fut une belle terreur qui s'acheva en éclats de rire.

Mickaël remonta le col de sa veste. Il n'en savait pas plus sur Hélène vingt-cinq ans plus tard…

*

Il sursauta devant un stop à la sortie de l'agglomération, au croisement de la nationale. Bon, voilà, il s'était perdu. Dans son propre village. Pas perdu perdu, il y arriverait, mais il avait dépassé l'hôtel de plusieurs centaines de mètres sans s'en rendre compte. Cela lui arrivait souvent. Il oubliait. Sa route, le temps, le nom des gens, la raison de sa présence dans certains endroits. Et ailleurs qu'à Syren il se perdait vraiment. Aucun sens de l'orientation. Épuisant. Mickaël marchait d'ailleurs avec une canne. Comme un aveugle. Pour se donner un point d'ancrage sans doute… Demi-tour, marche.

Quand il entra dans l'hôtel, il salua le personnel et se dirigea vers le bar. La salle était animée. Beaucoup de monde et de la bonne musique. Une petite révolution. Que se passait-il ?

Une apparition.

Le corps de la fille parlait en dansant. Naturellement. Sans que cela choque personne. Les immobiles avaient tort. Une lumière fébrile, cette blonde, comme un aperçu de ce qui pourrait être.

Regarde le bonheur ! Oups... Il est parti...
Une illusion... Un bonheur clignotant donc, le sourire d'une enfant fiévreuse. Un soleil pétillant.
Elle portait une robe légère d'un couturier réputé. Mickaël collectionnait les belles chemises. Pas encore assez de moyens pour les costumes, mais un jour peut-être ?... La tenue complète de la fille ne devait pas peser plus lourd qu'une cravate. Pas tapageur, pas vulgaire. Mais parfaitement légère. La traduction vestimentaire de la légèreté.
Quand elle bougeait, le tissu racontait l'histoire de son corps. Une histoire sans queue ni tête faite d'incohérences et terriblement téléguidée dans laquelle on aurait aimé se perdre.
Pas Mickaël. Lui ne désirerait pas l'avoir. Forcément. Simplement s'en approcher. Plus qu'il ne le faisait d'habitude. Avec d'autres. Tant de blondeur et de finesse ne s'attrapait pas mais se contemplait. Comment ne s'envolait-elle pas dans son sourire ? Elle devait être parfaitement experte en physique nucléaire. Non, rien à voir. Pas nucléaire... La physique qui parlait d'apesanteur. La physique de la pomme... Pomme d'Adam, Adam et Ève. Ève et toutes les autres qui n'arriveraient jamais, en cet instant précis, à la cheville de cette femme. Et d'ailleurs, comment se débrouillait-elle, cette fine cheville, pour soutenir tout le reste ?
Bref. Cette plume vivante était le seul événement marquant de sa soirée, caractérisée par une météo intérieure fort maussade. La fille se dirigeait à présent vers le bar et commanda un verre de whisky. Sec. Plus tard, ce serait une grenadine. Toujours cette alternance. Et à en croire son expression face au barman, toujours un acte d'importance. Comme si choisir une boisson pouvait influer sur le cours de sa vie. Chaque fois, elle réfléchissait avant de donner sa réponse à un serveur compréhensif. Définitivement compréhensif. Et bienveillant.
L'homme qui accompagnait la jeune femme semblait plus réel qu'elle. Couvert de cuir italien, gilet, chemise et tout le

bla-bla. L'homme-sandwich de la métrosexualité qui ne cherchait pas à écouter ce qu'elle disait mais à lui faire boire ce qu'elle voulait. Nuance commune. Un consommateur de la pire espèce dans lequel la fille semblait mettre trop d'espoirs. Ce qu'elle lui donnait de fraîcheur partait illico à la poubelle. Une poubelle arc-en-ciel qui vous permettrait de recycler les rêves. Mais le jeune loup ne se souciait pas d'écologie illusoire.

« Tout est bon chez elle, y a rien à jeter. Sur l'île déserte on peut tout emporter. »

D'où lui venait cette rengaine ? Du Brassens, bien sûr ! Mickaël s'autoépuisait régulièrement. Ses pensées avaient des velléités d'indépendance. Elles tenaient à créer des bandes-son, des couleurs, des prismes dans sa vie. Elles compensaient sans doute. Sa vie, c'était pas grand-chose. Il fallait pimenter. Cette fille était pétillante. Éphémère.

Mais il fallait rentrer. Son père l'attendait.

Il se retrouva immobile au bord de l'eau. Comme précédemment. Cette apparition, on pouvait dire qu'elle l'avait inspiré ! D'où venait-elle ? Il avait tellement l'impression de la connaître, mais il n'y avait aucune raison. Elle était pour lui une sorte d'abstraction solide, une de ces « aimées que la Vie exila ». Mais certainement, il n'avait rencontré qu'un fantôme. Et après mûre réflexion, un fantôme plutôt fragile, proche de s'éteindre. Ne restait plus d'elle que ce rôle absurde de danseuse faussement enjouée. Comment s'appelait-elle, au fait ?

Il se remémora les contes, les images cultes ou les personnes oubliées qui avaient compté il y avait longtemps. Il ne voyait pas. Et pourtant il se souvenait d'elle.

*

Il demanda à son père si une blonde élancée dans un bar lui disait quelque chose. Philippe ne fut pas autrement étonné de cette question. Il réfléchit intensément.

— Lorsque tu dis blonde, tu penses plutôt Sorel, Montespan ou Roland ?

Mickaël traduisit intérieurement : évanescente, garce ou intellectuelle ? Évanescente plutôt. Mais pas que.

— Sorel vivante. Moins empoisonnée, tu vois ?

— Oui, très bien.

Ils devisaient autour d'une tisane au coin du feu. Philippe n'était jamais au fait des saisons. Parler avec son père permettait à Mickaël d'échapper au temps. La lumière et le crépitement du bois rougeoyant, son odeur, la voix de l'historien et la résurrection des figures du passé le transportaient dans une autre dimension, plus douce et plus humaine que son quotidien trop cohérent. Il s'enfonça dans son fauteuil. Son père le dévisagea. Son costume noir impeccable, à la coupe sévère, contrastait avec sa blondeur et ses yeux doux, très graves à l'instant même. Il paraissait dialoguer avec les flammes et ressemblait à un inquisiteur.

— Pourquoi cette question, Mickaël ?

— Je ne sais pas trop. J'essaie de me souvenir de quelqu'un.

— Hélène ?

Mickaël passa sa main dans ses cheveux, embarrassé. Philippe connaissait sa quête éternelle.

— Non, pas Hélène. Mais elle pourrait lui ressembler, il me semble.

— Arrête de penser à elle. C'était son choix de disparaître.

— Et de laisser sa fille ? Qui te dit qu'elle l'a choisi ?

Philippe soupira d'un air soucieux. Son fils avait raison, mais qu'y faire ? Ces questionnements ne lui procureraient que des ennuis.

— Mickaël, pourquoi t'obstines-tu comme cela ? Tu n'as pas mieux à faire ?

— Non.

C'était vrai. Il ne céderait pas. Tout le fatiguait, sauf ses obsessions. Après, le temps, les contingences, les soucis quotidiens l'épuisaient plus que la moyenne des gens.

— Lorsque maman est partie, cela ne t'a pas perturbé ?

Philippe accusa le coup. Mickaël était si souple, presque élastique pouvait-on dire, et tout à coup il lançait des bombes à la face de ses interlocuteurs. Il lui fallait savoir en somme. Toujours.

— Bien sûr que si. Mais que voulais-tu que je fasse ?

Tout. Il aurait pu tout faire. Et d'abord souffrir. Sans doute l'avait-il fait mais rien n'avait transparu et son fils lui en avait énormément voulu. Philippe semblait n'être qu'un penseur. Enfant, Mickaël avait visité le musée Rodin à Paris, et on lui avait désigné *le Penseur*. Le petit garçon s'était dit que même cette statue avait l'air plus à l'écoute que son père. Ce dernier paraissait aussi attentif qu'un nuage.

— Maman te demandait de l'écouter. Pourquoi ne le faisais-tu pas ?

— Je l'entendais.

— Nous sommes d'accord. Mais pourquoi ne pas l'écouter ?

— Il aurait fallu changer, délaisser tout ça...

Et Philippe engloba sa maison avec ses livres et ses cartes dans un vaste mouvement du bras.

— Pas forcément. Maman t'aimait aussi pour cela.

— Disons que je n'ai pas voulu sortir de ma grotte.

Pour personne. C'était certain. Mickaël ne cautionnait pas son attitude. Le principe même des relations humaines, c'était le risque. Risquer de se tromper, de se donner un peu trop, pour rien peut-être. Enjeu magnifique. Se l'était-il accordé à lui-même ? Il le voudrait en tous les cas. Sans doute n'avait-il pas eu cette opportunité. Mickaël n'allait pas vers les événements. C'était plutôt l'inverse.

Son père ressemblait à un épouvantail malheureux qui ne tenait plus droit dans son fauteuil.

— Ne t'inquiète pas, papa. Je ne t'en veux pas, voyons. Toi, au moins, tu as essayé.
— Mais j'ai fait souffrir ta mère. Et cela, je ne le souhaitais pas.
— En t'épousant, maman a voulu prendre ce risque. Elle a choisi.
— Et Guillaume, crois-tu qu'il a choisi ?

Guillaume était le fils aîné de Philippe. Il s'était marié voilà presque vingt ans, très jeune, alors que Mickaël n'était qu'un adolescent. Sa femme traçait sa route pour lui. Déterminée dans son travail, sa vie de famille, celle de son mari ainsi que celle des autres. Alexandra savait. Par principe. Guillaume, pourtant très sûr de lui et peu enclin au doute enfant, avait rendu les armes devant une si belle énergie. Choisir sa femme fut aussi son dernier acte de volonté propre.

— Il a choisi Alexandra dans la cour de maternelle, rappela Mickaël.
— C'est vrai. Elle portait son cartable.
— Paraît-il. Alors tu vois ? Elle ne l'a pas forcé.
— C'est beau. Mais tu vois, Mickaël, je ne souffrirai jamais qu'un homme n'aime pas les livres.

Drame de son père : Guillaume n'aimait pas les livres. Pire encore : ils lui étaient parfaitement indifférents. « Je ne peux pas lire, ça m'endort. » La phrase maudite qui laissait son père KO comme aucune autre. « Et puis, ça n'est pas vraiment utile », ajoutait Alexandra.

— Ils ne sont pourtant pas idiots, s'exclama alors Philippe, bouleversé.

Le constat de cette absence totale de curiosité pour le fondement absolu de sa vie, la culture, le laissait pantois. C'était un étonnement quotidien, une question sans fond en quelque sorte. Il ne s'en remettrait pas, c'était certain. Les quatre clous de son cercueil, ou six ou huit, qu'en savait-il ?

— De quoi peuvent-ils bien parler tous les deux ?
— D'immobilier, de finance, de bricolage, des courses à faire... De voitures. Il y a plein d'options possibles.

Philippe approuva :
— Mais oui, tu as raison, c'est ça, c'est bien ça. Incroyable !

Mickaël rejoignait son père sur ce point. Il connaissait à peine la marque de sa voiture et n'était toujours pas propriétaire, scandale ultime aux yeux de son aîné.

— Ils se sont trouvés, papa. Un ingénieur en aéronautique et une institutrice, pourquoi pas ?
— Mais une institutrice devrait lire !
— Elle lit un peu, quand même.
— Et range ses livres dans les toilettes.
— C'est vrai.
— Pourquoi font-ils cela alors qu'ils ont tout cet espace inutile derrière leur cuisine ?
— Tu parles du garage ?
— C'est ça.
— Un garage est utile pour ranger sa voiture.
— Pffff...

Philippe haussa les épaules, sûr de son fait.
— Bref. Moi, avec ta mère, je ne m'organisais pas de cette façon-là.

Le mot amusa Mickaël. Son père n'organisait rien. Sa mère s'occupait de tout. Antiquaire passionnée par les bijoux anciens, Pauline avait toujours eu la tête sur les épaules. « Comment veux-tu que je fasse autrement ? Moi, avant de le rencontrer, j'étais comme ton père. Après, pour survivre dans le monde, c'était lui ou moi. » On avait du mal à y croire. Elle pensait à tout. Sans stress et posément, elle avait occupé ses journées et celles de sa famille. Du moins en ce qui concernait les « Grands emmerdements vitaux », comme les appelait son père. La sainte Trinité maudite : repas, linge, ménage. Elle l'aimait.

Mickaël serra l'épaule de son père.
— Je monte dormir. Repose-toi bien, papa.
— Toi aussi !

Dans sa chambre, Mickaël ferma les volets. Le château de Syren se tenait face à lui, toujours illuminé à l'étage.

*

En ce dimanche matin, motivé, Mickaël essaya d'appliquer les règles de vie qu'il s'était péniblement fixées ces derniers temps. Se coucher et se lever à heures régulières, faire du sport, manger sainement. Curieusement, il n'avait pas de mal à suivre cette méthode dans sa vie professionnelle, mais c'était plus compliqué dans sa vie pseudo-personnelle. L'écriture donc. Son réveil affichait 10 h 00. Le dimanche, il ne fallait pas trop lui en demander. Il oscillait en permanence entre la plus stricte discipline et une grande tolérance à son propre égard. Il en avait conscience. Et cela n'arrangeait rien.

Il se leva, fit sa toilette et descendit prendre son petit déjeuner. Équilibré donc. Il entra dans la cuisine. Sur la table, une panière pleine de viennoiseries embaumait. Philippe rêvassait devant la vieille cafetière en marche.

— Je suis allé à la boulangerie, expliqua-t-il inutilement.

Le ventre de Mickaël se tordit. Son père voulait se faire pardonner son passé à coups de croissants chauds.

— Bonne idée, papa, affirma Mickaël en acceptant le bol de café que lui tendait Philippe.

En croquant dans son croissant, il se dit que, le dimanche suivant, il serait plus rigoureux.

— J'ai proposé à ton frère et à Alexandra de venir manger ce midi.

Trois fois plus rigoureux.

— D'accord.

Refrain

Pourquoi, mais pourquoi, avait-il fallu qu'il parle de sa mère hier soir ?
— Parfait. On s'organise comment pour le repas, du coup ?
À la mine effarée de son père, Mickaël comprit.
— Je m'en occupe.
Soulagement du patriarche.
— Et moi, j'achèterai le vin, enchaîna-t-il.
— Parfait, papa.
Ils passèrent les minutes suivantes à réfléchir au repas. Ils n'arrivaient jamais à imaginer autre chose pour Alexandra qu'un poulet-frites. C'était comme les cartes jumelles d'un jeu de mémory : Alexandra-poulet-frites. Et comme elle apportait toujours le dessert... Mickaël prit sa canne, pensa à s'informer de la météo auprès de son père avant d'ouvrir la porte, et sortit.

Le même trajet que la veille au soir mais sous le soleil. Le cours d'eau ne coulait pas au même rythme la nuit que le jour. Sous la lune, il partait se perdre dans les tréfonds des Enfers. À ce moment, on aurait juré qu'il s'en allait se transformer en mille arcs-en-ciel à la sortie de la ville.

L'humeur de Mickaël aussi était différente. Cette journée commençait comme un dimanche banal au cœur d'une famille moyenne. Il allait voir Guillaume, faire de son mieux pour paraître épanoui dans sa vie, sans regrets et affrontant l'avenir avec sérénité. Il se réjouirait des performances de son frère et de sa belle-sœur, ne posant pas trop de questions, qui de toute façon ne seraient pas pertinentes. Son père ferait de même. Tous deux avaient l'air d'enfants pris au piège lorsque la famille de Guillaume débarquait. Enfin, on ne parlait plus de famille à proprement parler puisque leurs deux enfants, désormais grands et blasés comme il convenait à leur âge, restaient à la ville avec leurs amis plutôt que d'accompagner leurs parents. Philippe et Mickaël ne le regrettaient pas vraiment.

Ils aimaient Guillaume et Alexandra, et réciproquement, mais les paroles échangées abîmaient cette affection mutuelle. Que les taux de crédit soient bas en ce moment et qu'« il faille en profiter, je t'assure » laissait Mickaël particulièrement indifférent. Quand ce dernier était encore adolescent et parlait d'Hélène à son frère, Guillaume lui répondait qu'elle s'était barrée de ce village minable pour faire fortune, que son mariage avec Charles ne lui avait pas suffi. Les deux frères n'étaient pas du même avis. Sur le chemin de la boucherie, Mickaël fut arrêté par la vitrine de Georges, le bouquiniste. Le tome XI de sa collection d'Agatha Christie. Impeccable. Il entra. S'arrêta net.

La fille d'Hélène attendait au milieu de la pièce sombre. Mickaël retint sa respiration.

Elle avait si peu changé ! Exactement comme dans ses souvenirs. Rousse, grande, impériale et glaçante. Et toujours ces tenues désuètes qui, s'étonna-t-il à nouveau, ne sentaient pourtant pas la naphtaline ! Non. Roxane avait une odeur de lys. Capiteuse. Elle feuilletait distraitement les pages d'un livre, attendant vraisemblablement Georges, perdu dans sa réserve à l'arrière-boutique. Elle tourna son visage vers Mickaël.

Pas une ride. Pas un seul changement.

— Bonjour, Mickaël.

— Vous me connaissez ?

— Comme si je vous avais fait.

— Pardon ?

— Je suis Roxane, la fille de Charles, je vous ai souvent croisé au village.

— Vous avez de la mémoire !

— Comment allez-vous ? En quête de lecture ?

— Oui. Non. J'ai vu un livre dans la vitrine en passant.

— Et c'est une chance que Georges soit ouvert un dimanche.

Refrain

Zut. On était dimanche. Plus que quelques minutes avant que les rares boutiques alimentaires ne ferment.

— C'est vrai. J'ai appris la nouvelle pour votre père. Je vous présente mes plus sincères condoléances.

— Merci.

Elle n'avait pas l'air plus touchée que cela. Avait-elle réagi de la même manière, enfant, lorsque sa mère avait disparu ?

Georges réapparut, affichant un air désolé et des vêtements plus poussiéreux que de coutume.

— Non, Roxane, je ne l'ai plus, ce volume. Je suis désolé.

Roxane fixa le bouquiniste quelques secondes. Mickaël eut cette vision soudaine d'un dragon réduisant Georges en poussière. Au lieu de ça, elle ouvrit les bras dans un geste d'impuissance.

— C'est très bien. Je verrai au château si je retrouve l'original.

— Je vous le souhaite, Roxane.

Elle se tourna vivement vers Mickaël.

— Au revoir, Mickaël. Je suis sûre que nous nous reverrons très vite.

— D'accord.

Et elle sortit, son éternelle robe noire d'écuyère traînant à sa suite.

— Et c'est pour quoi, Mickaël ?

— Hein ?

— Tu es venu pour quoi ? Non pas que ça me déplaise de te voir mais j'ai faim !

— Le poulet !!!

— Pardon ?

— Non, rien, excuse-moi, Georges, je reviendrai.

Et Mickaël fila rapidement vers le centre du village. Georges haussa les épaules et retourna la petite pancarte à la porte de sa boutique : « Pause de midi. Restons français. »

La boucherie venait de fermer. Catastrophe. Mickaël courut vers la boulangerie.

*

— Une pizza ?
Alexandra venait de mettre à peu près tout l'effarement dont elle était capable dans cette question.
— Oui, nous sommes désolés de nous être si mal organisés.
— Ce n'est pas grave, j'ai tout prévu.
Dans ces moments-là, Mickaël aimait beaucoup sa belle-sœur. Elle devait posséder une vingt-cinquième heure sur ses horloges internes qu'elle utilisait pour accomplir encore plus de travaux ménagers. Et pour remercier le Ciel de cette grâce incroyable qu'Il lui avait accordée, elle redistribuait les fruits de son travail. C'était chic.
Alexandra avait rapporté de la ville des denrées bio et sans gluten. Produites, était-il nécessaire de le souligner, par des artisans locaux adorables que vous deviez absolument rencontrer. Guillaume approuvait sur tous les points. Il avait installé son père sur un fauteuil et demandait à la ronde ce que chacun buvait.
— Alors, les gars, toujours alcooliques ?
Oui, toujours.
— Moi, j'ai arrêté. Les jus de fruits, voilà mon seul vice !
Leur bière artisanale en main, Mickaël et son père se sentaient aussi à l'aise face à Alexandra et Guillaume que deux mafieux à un anniversaire d'enfants. Et la question fatidique tomba :
— Alors, Mickaël, comment ça va en ce moment ?
Inspiration.
— Parfaitement bien, rien à dire. Beaucoup d'affaires en cours, de bons clients, des cas passionnants. Et toi ?

— Toujours locataire ?
C'était agaçant cette manie de ne jamais répondre.
— Toujours.
— Qu'est-ce que tu attends pour investir ?
Rien, il n'attendait rien. Il cherchait Hélène.
— Je n'ai pas ton talent pour renifler les bonnes affaires immobilières. Mais parle-moi un peu de toi. J'insiste.
— Le travail, le travail et toujours le travail.
— Très bien, alors.
Et voilà. Tout était dit.
L'apéritif commençait à peine.

À table, Alexandra parla beaucoup de Pauline, à qui elle avait rendu visite quelques jours auparavant. Ils allaient la voir régulièrement, ils étaient très famille, on ne pouvait pas leur enlever ça. Pauline refusait gentiment leur aide, mais c'était peine perdue.
— Elle m'a appris le décès de Charles, c'est incroyable ! la coupa Guillaume.
— Pourquoi incroyable ? demanda Philippe.
— Je ne sais pas… Lorsque j'étais gosse, je pensais qu'il ne mourrait jamais, ce gars-là. Et, pour moi, c'était acquis depuis l'enfance. Un increvable.
Mickaël acquiesça.
— J'ai vu sa fille ce matin chez Georges.
— Georges ?
— Le bouquiniste, grommela Philippe.
Comment ne le connaissait-il pas ?
— Ah oui… Au moins, on sait pourquoi nous n'avons pas droit au traditionnel poulet-frites. Monsieur achète des livres au rabais le dimanche matin !
Rires.
Pas rancunier le frangin.

— Mais au fait ? Il arrive à vendre un dimanche matin ? demanda-t-il alors plus sérieusement.
— Je n'en sais rien. Mais, en tous les cas, j'ai salué Roxane.
Silence. Il était convenu dans cette famille qu'en présence de Mickaël il ne s'agissait pas de parler d'Hélène, ou de qui que ce soit ayant un rapport avec elle, trop longuement.
— Très bien. Et tu es là depuis quand ?
— Hier midi. Dis-moi, tu ne te souviens pas d'une longue fille très mince et blonde dans notre entourage ? Quelqu'un que nous n'aurions pas vu depuis longtemps ?
— Non. Mais qu'est-ce que c'est que cette question ?
— Une apparition rencontrée hier.
— Ça arrive, affirma Alexandra.
Personne ne fut surpris par cette remarque. Les pieds solidement ancrés sur terre, Alexandra n'en était pas moins férue de spiritualité et d'ésotérisme. Lui annoncer que l'on venait de croiser le spectre de Marie Stuart ne l'aurait pas plus choquée que cela. « De qui ? », aurait-elle seulement demandé.
— Je suis convaincu de connaître cette personne mais je ne sais plus d'où ni comment. Elle n'a pas l'air bien vieille et j'ai le sentiment de l'avoir connue il y a des siècles. Curieuse impression.
— Lorsqu'on te connaît, il paraît évident que tu as une âme très vieille et que tu t'es réincarné un bon paquet de fois.
— Alexandra, pitié !
Guillaume détestait ce genre de conversation. Lui n'était qu'une gentille âme de cinq ans selon son épouse. Il ne comprenait qu'à demi-mot ce que cela voulait dire mais pressentait que ce n'était pas vraiment un compliment. Réduit à envier son petit frère et son âme de vieux. Pénible.
Mickaël essaya de détendre l'atmosphère :
— Écoute, Alexandra, je parlerai de tout cela à ma psychanalyste et on verra bien !

Son frère et sa belle-sœur considéraient qu'en effet Mickaël avait besoin de ses séances de psy. Mais cela faisait tout de même dix ans et, selon eux, les progrès tardaient à venir. Mickaël n'avait pas l'air de s'en rendre compte. Il parlait de sa psychanalyste comme de sa meilleure amie. C'était irritant. Rien n'était jamais vraiment en place chez Philippe et Mickaël.

IV

COUR DES CONTES

Un verre de plus ne pouvait pas lui faire de mal. D'ailleurs, le barman le lui tendait avec confiance. Une grenadine. Pour se convaincre qu'elle aimait ça.
— Vous aimez ça, vous, la grenadine ?
— Je préfère la menthe à l'eau.
— Moi aussi ! Étonnant.
— Mais il me semblait que vous m'aviez demandé une grenadine...
— En effet. J'essaie de me convertir.
— Ah. Très bien.
Camille revint vers sa table. Hugo lui fit un signe. Quelle andouille ! Il croyait peut-être qu'elle était saoule ?
Pas encore, mon petit bonhomme. Je retrouverai ma chaise. Et sans tomber.
Elle s'assit précautionneusement.
— Tu aimes, ça, toi, la grenadine ?
— Comme tout le monde.
— N'importe quoi.
— Pardon ?
Elle ne lui répondit pas.
— Camille, tu es bizarre ce soir. On dirait que je t'ennuie.
— Pas du tout.

Et elle avala le reste de son verre cul sec.
— Il faut que je retourne au bar.
— C'est la sixième fois.
— Oui. C'est fou quand on y pense.
Et elle se releva précautionneusement.
Un whisky maintenant.

*

Après le whisky, tout était allé très vite. Elle avait continué de répondre effrontément à Hugo et il avait choisi de partir. Elle s'était retrouvée sur la place du village sans trop savoir comment, constatant qu'elle avait encore soif. Mieux valait boire de l'eau. La fontaine. De l'eau. Pourquoi pas ? Après, elle ne se souvenait plus.

*

La conduite au poste de gendarmerie se fit dans une nuée d'ombres. Plus d'apesanteur ni de temps qui passe. Perdus la veille. Un prince en face. Un prince qui l'emmenait. Non. Qu'on emmenait aussi. Quel âge pouvait-il bien avoir ? Aucune importance. Il était en âge de l'emmener. Non. D'être emmené. Elle inspira. L'air était opaque. Une sirène hurlante. Queue de poisson ? Une vie agitée de songes. Songes de proches. Proches comme un poids qui s'enfonce dans vos problèmes. Soulever la nappe qui recouvre vos rêves. Rêves qui posent des questions. Question réponse.
Stop !
Migraine.
Retrouver sa forêt, marcher et laisser son cœur errer au gré du temps. Malheureuse comme un prénom. Tu es qui, toi ? Malheureuse. Son père sur le sentier et elle qui l'appelle. Elle

ne le connaît pas. Elle lance des mots mais le vent les emporte. Il ne la retrouvera pas.

Camille émergeait peu à peu. Le prince lui fit un signe de tête. Elle frissonna. Un gendarme lui tendit une couverture. Il se trouvait toujours quelqu'un. Dans l'instant.

— Ça va mieux ?

Le prince charmant.

— Oui, merci.

Et soudain, sortie de sa bouche, une forte odeur d'alcool. Elle était complètement ivre. Pourtant ce matin, samedi, ça allait encore. Elle rangeait ses costumes lorsqu'elle avait senti sa mère approcher. « Que me veux-tu, maman ? » Hugo avait encore appelé, il était à nouveau dans la région, voulait la revoir, savoir comment elle allait depuis la fois où il était venu à Syren. Il était inquiet. Il viendrait la chercher le soir. Cela ne l'engageait à rien.

— Mais je l'ai vu il y a une semaine !

Rien n'y avait fait.

La conteuse devait reprendre sa vie en main. Hugo était la solution ; elle avait obéi.

Puis elle s'était mise à boire devant lui. Plus que de raison. Pour ne plus l'entendre lui donner des conseils stériles.

Ça n'avait pas bien marché apparemment. Tout était à recommencer. Elle s'était retrouvée dans la fontaine de la place, sans plus très bien se souvenir comment. Un homme l'avait accompagnée. Celui qui était en face d'elle en ce moment.

*

Mickaël se gratta la tête. Ils avaient exagéré. Tout à coup, tout leur avait paru tellement simple et drôle, et voilà qu'ils se retrouvaient au poste. Mickaël avait laissé Camille entrer la première, essayant vainement d'adopter l'attitude d'un avocat. Elle n'arrivait plus à marcher droit, les pieds nus et une chaussure à la main. Tout l'émerveillait. « Bonjour, monsieur ! Pardon, oh là là, oui, bonsoir plutôt ! En même temps, je suis saoule… » Magique. La prison n'était qu'un mot. Deux bancs et une grille. Et au milieu, un mur les séparant. Ensemble donc, mais sans se voir. Et ils allaient pouvoir s'asseoir. Parfait. Camille tendit sa cape et Mickaël sa canne, puis ils entrèrent dans leur geôle respective. Le gardien, traité tel un majordome, referma les portes et s'assit en face d'eux. Parfaitement synchronisés, ils le remercièrent d'un geste courtois.

Le whisky avait eu raison de Camille et de Mickaël.

*

Au bout de quelques minutes, Camille se massa les pieds. Bien que n'ayant fait aucun effort vestimentaire pour Hugo, elle s'était chaussée d'escarpins vertigineux.

Pour être à la hauteur de la situation.

Mickaël restait stoïque, accoudé contre la grille, vacillant mais tâchant de rester digne.

— J'ai perdu une chaussure, se lamenta Camille. J'ai le pied tout abîmé. Il faudra que je le râpe à la pierre ponce.

— Épargnez-moi les détails, je vous prie.

— Quoi ? Vous feriez comment, vous ?

— Je ne sais pas. Je n'ai pas le temps de penser à cela.

— Silence ! imposa le gardien.

Ils se turent un moment.

— C'est idiot de dire que l'on n'a pas le temps de penser à ses pieds, reprit Camille plus doucement.

Finalement, le gardien les laissa disserter. Ça l'occupait. Camille et Mickaël continuèrent néanmoins à chuchoter.

— Pourquoi c'est idiot ?

— Parce que c'est la base de tout, les pieds.
— Sans doute.
— Ben si.
— D'accord.
— C'est bien, tu as compris.
— On se tutoie ?
— Non.
— D'accord.
Camille regardait le mur qui le séparait de lui, attentive comme une mère qui chercherait à savoir si son fils avait bien compris la leçon.
— Se râper les pieds, comme le vouvoiement, c'est la moindre des politesses. On n'est pas des sauvages.
— D'accord.
— Bon. Qu'est-ce que je disais ?
— Se râper les pieds.
— Voilà ! Se râper les pieds, ça prend dix secondes dans la douche.
— Sous la douche.
— Tu m'énerves.
— D'accord.
Camille prit un air soupçonneux. Mickaël fixait le sol de l'autre côté.
— Pourquoi se retrouve-t-on en prison au fait ? interrogea la jeune femme.
— Tapage nocturne et ivresse sur la voie publique.
— Je comprends.
Un nouveau silence recueilli régna tout à coup entre eux.
— Et le pire dans tout ça, c'est que je ne supporte pas de me faire remarquer, précisa Mickaël. Ce matin, je me suis simplement dit : « Aujourd'hui, je vide ma corbeille ! »
— Tu es écrivain ?
— Comment le savez-vous ?

— C'est le privilège des écrivains de vider leur corbeille. Le commun des mortels vide son sac. Logique.

— Voilà... Bref... J'en avais assez ce matin ! Alors je suis allé sonner chez mes deux vieillardes de voisines et j'ai lâché ma Beauté sur les inséparables.

— Alors là, j'avoue...

— Oui ?

— Je ne comprends pas.

— C'est pourtant clair.

— Tu as fait quoi ?

— J'ai lâché mon chat sur leurs oiseaux.

— Ton chat sait ouvrir les cages ou leurs oiseaux volent en liberté ? Sois précis, s'il te plaît ! On ne va pas y arriver sinon...

— Mon chat...

— Oui ?

— Ce n'est pas parce qu'il est beau qu'il est bête. Alors oui : il sait ouvrir les cages.

Camille se tut, vexée.

— Et paf ! se réjouit Mickaël.

— Tu n'es pas écrivain. Tu es gestionnaire de paye ou prothésiste dentaire. Un frustré.

Mickaël se redressa d'un coup, impressionné.

— Mais oui. Voilà. Je suis un frustré. Vous êtes Scorpion, ce n'est pas possible ?

— Non. Bélier.

— Ascendant ?

— Névrosée. Bélier ascendant névrosé, c'est astralement envisageable, non ?

— Ascendant Scorpion donc. Je n'étais pas loin.

— Je m'appelle Camille. Vingt-trois ans. Conteuse. Je raconte des histoires. Mais je ne mens pas, hein ? Je raconte de vraies histoires à des gens qui écoutent.

Mickaël essaya péniblement d'enregistrer toutes ces informations.
— Camille... Ton prénom, c'est Camille ?
— Voilà.
— Camille et Mickaël, c'est cocasse quand même... Comme deux prénoms inversés. Genre rencontre providentielle, ça se pose là...
Camille réfléchit puis renonça.
— Espérons qu'ils ne nous retiendront pas longtemps, observa Mickaël.
— J'imagine que non. Maman n'aime pas attendre.
— Ah... Elle paiera la caution ?...
— Sans doute. Ma mère est une fée et mon sort en dépend.
Mickaël chercha à comprendre :
— Comment s'appelle-t-elle, je vous prie ?
— Roxane.
Le visage de Mickaël s'éclaira à travers les brumes de l'alcool :
— Vous êtes la fille de Roxane ?
— Bien sûr ! Il faut croire que j'en avais marre aussi... Quand on en aura marre tous les deux une prochaine fois, on évitera les fontaines.
— Pourquoi les fontaines ?
— Il me semble que c'est dans une fontaine que l'on m'a récupérée. Et j'imagine que vous avez essayé de m'en faire sortir. Sinon, pourquoi nous retrouverions-nous ensemble ?
— Voilà. C'est vrai. Bon. Alors bon retour chez vous tout à l'heure..., murmura Mickaël, gêné.
— Je ne rentrerai pas chez moi.
Camille claqua dans ses mains :
— Et paf !
— D'accord.
— Vous me comprenez ? Je veux m'enfuir... Mais j'ai perdu les papiers de la citrouille...

— Attendez ! Il y a quelque chose de pas cohérent.
— Où ça ? demanda Camille scrutant le plafond.
— Tu ne m'as pas demandé pourquoi j'étais moi aussi en prison.
— Si.
Mickaël insista :
— Oui, mais il y a une autre raison. La vraie. Alors je vais te la dire. Parce que je ne peux pas écrire et que je cherche constamment l'inspiration. Que j'ai trouvée en te voyant. C'était une erreur de boire en même temps... Et puis zut ! Quand je pense que je pourrais vivre tranquille ! Sans voisines ! Mais non. Il faut que je subisse les humeurs de ces deux sorcières. Couchées à vingt heures. Puis Wagner à fond les ballons. Elles dorment au son de Wagner ! Authentique ! C'est pas une habitude de romantiques aigries, ça ? Et levées à sept pour jouer à dix des opérettes contemporaines à la contrebasse. Détritus de voisinage. Zut. J'ai jamais eu de chance. En même temps, c'était écrit. Dans les étoiles. Balance ascendant Taureau, Lune en Verseau et Pluton en... ? Scorpion ! Je n'avais aucune chance. Aucune... Je voulais écrire des polars, on me force à les dénouer. Avocat ! Moi qui n'ai jamais su parler... Avocat ! En attendant, je subis les assauts de mes voisines... C'est affreux.

Camille avait écouté attentivement, se serrant la tête, concentrée sur le sol :

— Du coup, tu as, dans l'ordre, envoyé ton chat manger les perruches de tes voisines, bu des verres en me regardant, et plongé ensuite avec moi dans la fontaine du village. C'est bien ça ?
— Oui.
— Tout ça pour pouvoir écrire ? Affreux.

Puis Camille s'allongea sur le banc. Sur le dos, figée, tel un gisant. Mickaël avait pris une pose mélodramatique de penseur, appuyé contre le mur, de profil. Le gardien ne s'ennuyait pas ce soir-là.

Au bout d'une heure, Camille se réveilla puis, assise, se mit à rire :
— Le chat Beauté ! J'ai compris ! C'est rigolo…
Mickaël ne répondit rien.
Elle reprit :
— Vous savez, je suis une idéaliste.
— Il n'y a pas de mal.
— Ben si ! À peine réveillée, je suis fatiguée ! Ça fait feignasse…
— Pas de mal à être idéaliste.
— Tu es un gentil, toi, hein ?
— C'est une insulte ?
— Un constat. Il faut bien que je constate deux ou trois choses chez vous.
— Mais il faudrait aussi voir à faire un choix entre tutoiement et vouvoiement.
— Pourquoi ? Quand je dis bonjour, je pense au revoir. Je suis une dyslexique des codes sociaux.
— Vous devez être un cas désespéré. Plaider votre cause me paraîtrait d'une évidence !
— Vous me draguez, là ?
— Ah ben non. Pas moi. Forcément.
— Pourquoi forcément ?
— Je n'aime pas les femmes.
— Ben, moi non plus, je n'aime pas les femmes. Je ne vois pas le rapport.
— Vous êtes drôle.
— Là, c'est une insulte.
— Même pas.
— Je ne sais pas ce que je suis. Ma définition, je ne l'ai pas encore trouvée.
— Tu me diras, moi, je n'ai pas pensé à chercher. Vous faites quoi dans la vie, Camille ?

— Je vous l'ai dit.
— Mais sinon ?
— Je fuis.
— Où ?
— Ailleurs. Là où je me retrouve.
— Pas chez vous, donc ?
— Non…
— Si ce n'est pas indiscret, vous vivez de quoi ?
— Je vis aux frais de la princesse.
— Mais ce n'est pas vous, la princesse ?
— Oui. Mais c'est mon grand-père qui m'appelait comme ça. Le Roi. Je suis une presque reine ! Il m'offrait tout ce que je désirais. Mais je n'ai rien appris de concret.
— Il vous aimait beaucoup, non ?
— Oui. Il n'avait que moi.

Camille continua :

— Mais j'ai cherché le bonheur, vous savez… J'ai même eu ma maison à moi, au bord de l'océan, avec Jack. Je ne sais pas. Comme si j'avais eu plusieurs vies. Mais, dans cette vie-là, il y avait comme une erreur de parallaxe. J'aime bien ce mot. Tout ce que j'ai retenu de mes cours de physique. L'erreur de parallaxe, c'est quand on ne s'ajuste pas au bon niveau. Par exemple, quand on met de la farine dans un verre doseur, si on ne regarde pas la mesure bien en face, on pensera qu'il y a trop de farine ou pas assez. Chez moi, il fallait toujours que j'enlève ou que je rajoute de la farine. L'indépendance, c'était pour ne plus faire d'erreur de parallaxe. Correspondre aux critères de ma mère. Ça demandait de la précision. Comme en pâtisserie. Un peu trop de farine et, bam, je tuais ma mère.

Mickaël se taisait. Il attendait depuis longtemps cette personne.

— Mais je n'ai pas tué ma mère, ajouta la jeune femme. C'est elle qui m'a interdit de naître.

Elle se tut, ne sachant que dire d'autre mais ne voulant pas interrompre le dialogue :
— Et sinon, il y a longtemps que tu aimes les hommes ?
— Je ne me souviens pas de l'heure exacte.
— Bien sûr. Évidemment. C'est marrant d'assumer ça et pas d'être romancier.
— Il faut rester un tant soit peu dans la norme.
— La norme ne veut pas de toi, alors oublie-la. J'ai été soignée par un podologue qui était aussi un grand joueur de poker, par exemple.
— Tu as une relation très forte avec tes pieds. Et qui est Jack ?
— Mon fils.
— Tu as un fils ? C'est une chance !
— Sans doute.
Ils se turent.

*

Pour leur sortie, Mickaël aida Camille de son mieux à s'acquitter des lourdes formalités de départ. Ils se retrouvèrent sur le trottoir de la prison en fin de journée, libres, sous le ciel blanc, s'interrogeant sur ce qu'ils pouvaient bien faire d'eux-mêmes.
Mickaël revoyait Hélène en Camille. En plus aérienne. Et déconcertante. Terriblement déconcertante. Il l'invita à marcher un peu.
— Voulez-vous venir chez mon père prendre un dernier verre ?
Camille rit. Il n'était pas raisonnable.
— Non, merci. Ma mère devrait venir me chercher.
— Alors rappelez-la et venez l'attendre chez nous.
La jeune femme accepta et rappela sa mère. Roxane avait eu l'air heureuse de l'initiative de sa fille, qui s'en était étonnée.

Roxane, tu oublies Hugo trop facilement quand même.
— Vous vous entendez bien avec votre mère ?
— Je ne sais pas. Je ne suis pas à la hauteur de ses attentes. Elle m'aide beaucoup. Je ne pourrais rien faire sans elle.
— Lorsque j'étais petit, j'étais fasciné par votre château.
— Mais vous habitiez ici étant enfant ?
— Oui. Dans une maison du village. Peut-être la connaissez-vous ?
— Peut-être. Il n'y a pas longtemps que je suis revenue.
— À quel âge êtes-vous partie ?
— À vingt ans. Trois ans d'absence, mais j'ai souvent l'impression que cela fait des siècles.

Sa cape cachait son profil, des mèches blondes ondulaient sur ses épaules. Elle n'avait pas tout à fait l'air de son époque. Ce qui aurait expliqué qu'ils se connaissent depuis si longtemps ; il était sûr de cela.

Ils arrivèrent devant chez Philippe. Camille observa l'étroite maison de briques rouges.

— C'est très joli ici, près d'un cours d'eau.
— Oui. On y perçoit le temps qui passe.

Après qu'ils furent entrés, Mickaël appela son père.
— Oui ?

Philippe continuait de lire en marchant dans le couloir à la rencontre de son fils.

— Je te présente Camille.

Le père de Mickaël daigna enfin lever les yeux.
Jeanne d'Arc revenue du bûcher.
— Mademoiselle ! Comment allez-vous ?
— Un peu frigorifiée, je l'avoue.
— Évidemment.

Mickaël s'étonna :
— Tu es au courant de ce qui nous est arrivé ?

Philippe parut sortir d'un songe :

— Non, pardon ! Vous disiez ?
Mickaël lui expliqua calmement leur soirée. Son père se lamentait pour la « pauvre enfant frigorifiée ». Mickaël trouvait qu'il en faisait un peu trop.
Camille interrompit leur échange :
— Excusez-moi. Je suis un peu fatiguée. Pourrais-je m'allonger un peu ?
Ils lui proposèrent la chambre de Mickaël, la chambre d'ami ne disposant plus de lit. La jeune femme accepta. Très vite, le silence se fit dans la maison. Au bout de trois bonnes heures d'attente, Roxane n'étant pas encore apparue, Mickaël vérifia si Camille dormait toujours. On aurait juré qu'elle était morte, sur le dos, les bras le long du corps. Un spectacle qui, curieusement, ne lui parut pas triste. Elle dormait joyeuse. Une morte en attente d'un avenir meilleur.
Blanche-Neige finalement.
Que faire de ce corps étendu sur son lit ? Il avait essayé de dormir de même. C'était affreux. Elle pouvait. Un nain, voilà ce qu'il était. Un nain de conte, impuissant face au sommeil de son idole.
Il l'étudia à nouveau. Elle semblait léviter. Lui s'ennuyait ferme. Quand s'éveillerait-elle ? Mickaël marcha bruyamment, arpenta la chambre et s'arrêta, saisi d'une idée fixe.
Il n'allait pas l'embrasser tout de même ?

*

— Roxane est la mère de Camille.
Mickaël sursauta :
— Pardon ?
Son père se tenait sur le pas de la porte, les lunettes sur le front, hochant la tête d'un air compatissant.
— Elle dort bien, cette petite.

— Qu'est-ce que tu viens de me dire ?
— Que Roxane est la mère de Camille.
— Pourquoi dis-tu cela ?
— Parce que Roxane est en bas. Elle porte des chaussures.
— C'est-à-dire ? Tout le monde porte des chaussures.
— Elle les tient à la main.
— Et tu en as conclu qu'elle était la mère de Camille ?
— Oui. Pour quelle raison Roxane viendrait me voir un dimanche soir avec des chaussures à la main ? Tu aurais pu me prévenir, Mickaël. Roxane, c'est quelqu'un ! Quelle famille quand même...

Mickaël laissa son père pour rejoindre leur nouvelle invitée.

— Bonjour, Roxane. Entrez, je vous en prie. Pardonnez-nous, nous avons eu une nuit agitée.
— C'est ce que j'ai cru comprendre.
— Vous avez apporté des chaussures pour Camille ?
— Comme vous le voyez. Où est-elle ?
— Elle dort dans ma chambre. Mon père veille sur elle. Mais installez-vous, je vous en prie.

Mickaël désigna la pièce à vivre derrière lui. Roxane s'assit sur un vieux sofa encadré par des étagères de livres.

— Je vais réveiller Camille.
— Merci.

Lorsqu'il vit Mickaël débouler dans sa chambre, Philippe posa un doigt sur sa bouche.

— Fais doucement enfin !
— Papa, Camille ne peut pas rester chez nous. Sa mère est venue la chercher pour la ramener au château.
— Mais bien sûr ! Pauvre femme !

À nouveau seul avec Camille endormie, Mickaël s'assit de tout son poids sur le lit.

Quelle journée !

— Il est où Beauté, au fait ?
Camille s'était réveillée.
— Qui ?
— Votre chat.
— À la ville, chez un ami auquel je l'ai confié. Pour l'exiler au plus vite.
— Je comprends.
— Votre mère est en bas.
— Je ne sais pas trop si j'ai bien envie de la voir.
On ne pouvait pas nier que Camille et son père compliquaient passablement l'existence de Mickaël.
— Voulez-vous venir nous voir au château ? lança Camille.
Le moment qu'il avait tant attendu était arrivé. Le château d'Hélène.
— Je ne sais pas. Pour quoi faire ?
Imbécile.
— Je ne sais pas, moi non plus.
— Je ne voudrais pas vous presser mais il me semble que nous devrions descendre. Vous m'avez dit que votre mère détestait attendre.
— C'est vrai.

*

— Où est Jack ? Comment va-t-il ? demanda Camille en voyant sa mère.
— Bonsoir, Camille. Il va très bien, figure-toi. Il est au château, Émilie s'occupe de lui.
Puis elle se détourna sèchement vers Philippe en extase devant ses châtelaines :
— Merci d'avoir accueilli ma fille. Accueillir chez soi une parfaite inconnue…
Mickaël la coupa :

— Je la connais. Même si les circonstances dans lesquelles nous nous sommes rencontrés semblent un peu particulières.
— Je sais tout cela.

Cette façon qu'elle avait de n'être surprise de rien, de connaître l'histoire à l'avance. Roxane reprit :

— Mais comme vous y allez, Mickaël ! Qui connaît vraiment Camille ? Au fait, vous-même, puis-je vous demander ce que vous faites dans la vie, sans vouloir être indiscrète ?

Elle le savait déjà, Mickaël l'aurait juré. Cette femme savait tout.

— Euh... avocat. Mais j'écris également.
— Incroyable !
— C'est le mot.
— Et vous en vivez ? De l'écriture, je veux dire.
— Absolument pas.

Roxane ne répondit rien. Philippe invita les deux femmes à s'asseoir pour prendre un thé tardif. Roxane accepta. Camille n'avait apparemment pas son mot à dire. Sur le canapé, au fil de la conversation, Mickaël constata qu'elle se rendormait.

Cela le fit rire :

— Frappant, ce que votre fille peut dormir ! Une vraie princesse de conte.

Roxane reposa sa tasse sur la soucoupe et affirma d'un ton péremptoire :

— Les princesses ne ronflent pas autant, jeune homme. Ça détruit les neurones.

Elle exagérait, pensa Philippe. Camille respirait bruyamment, certes. Mais ce n'était pas toujours le cas. Il en était convaincu.

Mickaël reprit :

— C'est drôle parce qu'elle paraît gamine au premier abord, mais quand je la vois dormir, je me dis qu'elle a comme un degré de maturité que je n'ai pas. Vous voyez ce que je veux dire ? Elle ne fait que paraître fragile. Elle trace son chemin.

Roxane le fusilla du regard :
— Pensez-vous ! Une femme enfant, ça fatigue vite.
— Ça ne lui ferait pas plaisir ce que vous venez de dire parce qu'elle trouve en effet qu'elle dort trop. Elle dit que c'est son drame.
— Si c'était le seul !
Mickaël respecta un petit silence et prit son courage à deux mains :
— Vous êtes dure, mais c'est vrai qu'elle est un peu confondante. Devinez ce qu'elle a dit en entrant chez mon père !
— Vous allez me le dire.
— « C'est rigolo ! Je me suis maquillée de la couleur de ton appartement ! »
— Comme c'est mignon !…Vous habitez cette maison ?
— Non, bien sûr ! J'habite un appartement à la ville.
— Que Camille connaît, alors ?
— Non, pourquoi ?
— Cette histoire m'échappe, Mickaël.
— Nous avons beaucoup parlé en prison hier soir. J'ai décrit mon appartement à Camille. Un appartement orange et noir. Briques et matériaux bruts.
— Camille s'est mis un trait de crayon noir en somme.
— Pas seulement. Regardez ses pieds. Il ne faut jamais oublier les pieds avec Camille.
Roxane tourna son attention vers les pieds de sa fille. La jeune femme avait enlevé les vieilles baskets trouvées par le gardien, pris d'affection pour elle. Philippe les avait religieusement alignées près de la porte d'entrée.
— Du vernis orange, couleur brique. Fascinant, constata Roxane d'un air blasé. Vous aimez déjà beaucoup ma fille, il me semble, Mickaël ? Et pourtant, Camille ne mérite pas toute l'attention que vous lui portez.
— Pourquoi dites-vous cela ?

— Trouvez-vous normal qu'une mère soit enfermée pour ébriété la nuit dans un poste de gendarmerie ?
— Non, bien sûr.
— Eh bien, voilà.

Philippe resservit une tasse de thé à Roxane :
— Est-ce que votre arrivée à Syren se passe bien ? Vous retrouvez vos marques ?
— Forcément. J'ai tout repris en main, cela n'a pas été difficile, même si le château était dans un état déplorable.
— J'en suis désolé pour vous.
— Oui, moi aussi.

Camille commençait à s'agiter dans son sommeil. Elle serrait ses bras comme une enfant qui aurait trop froid. Des sanglots la secouèrent et Mickaël s'inquiéta. Il prit une couverture et l'en recouvrit.

Roxane le gourmanda :
— Ce n'est rien qu'une crise de somnambulisme.
— Parce qu'en plus elle est somnambule !

Camille s'éveilla alors doucement et, lorsqu'elle réalisa la situation, elle se redressa d'un coup, gênée.
— Excusez-moi, je ne pensais pas que je m'endormirais encore.
— Évidemment, ironisa Roxane. Bref. Philippe, Mickaël, nous vous avons assez dérangés. Merci pour votre accueil et excusez la conduite de ma fille. Viens, Camille.

Mickaël restait silencieux mais suivait chaque geste de Roxane, se levant en même temps qu'elle, comme médusé. Philippe secoua chaleureusement la main des deux femmes :
— Vous ne m'avez pas dérangé ! À bientôt, j'espère. Remettez-vous bien.

Il referma la porte. Les deux vieilles baskets gisaient toujours dans l'entrée, orphelines. C'était tout ce qui restait du passage de Camille.

Refrain

*

Ce n'est qu'une fois dans la rue que Roxane s'aperçut que sa fille marchait pieds nus, emmitouflée dans sa cape.
— Mets ces chaussures, ma chérie.
— Non.
Roxane sursauta.
— Pardon ?
— Donne-les-moi, je les mettrai dans la voiture. Partons, je voudrais vite retrouver Jack.
Camille continuait de marcher. Son ton était sans appel. Elle ne céderait pas ; Roxane en était certaine. Que s'était-il passé cette nuit ? Elles arrivèrent à la voiture. Roxane tourna la clé et réprimanda immédiatement sa fille :
— Je n'ai pas aimé ton attitude chez ces gens, Camille.
— D'accord, répondit cette dernière.
Roxane enrageait. Lorsqu'elles arrivèrent, Camille se précipita dans l'escalier et appela Jack. Dans sa chambre, il vint au-devant d'elle, se frayant péniblement un passage au milieu de ses nombreux jouets. Déjà en pyjama. Et tellement petit. Camille l'enlaça.
— Pardonne-moi, Jack. Pardonne-moi toujours.

V

COMPTINE

En ce lundi matin, premier jour d'une semaine laborieuse, Mickaël se réveilla avec un fort mal de tête. Il s'était couché tôt la veille pourtant, voulant effacer les excès du samedi soir. Enfin prêt, il regardait du coin de l'œil le dossier qui patientait sur son bureau. Ce dossier, jaune sale et écorné, n'attendait plus que lui pour partir au travail. Oui, décidément : Mickaël accompagnait son dossier, et non l'inverse.

Dossier relatif à une garde d'enfant en l'occurrence. Épouvantable. Les deux parents lui étaient sympathiques, mais il avait du mal à comprendre pourquoi ils se déchiraient pour Arthur. C'était ce dernier, âgé d'à peine huit ans, qu'il redoutait le plus. Heureusement, une psychologue l'accompagnait les rares fois où il avait dû discuter avec cet insupportable garnement. Arthur, l'enfant roi. Il reprit une tasse de café, c'était plus prudent.

On tapa à la porte. Curieusement, Mickaël craignit quelques secondes que ce soit Arthur. Il cria de sa place :

— Oui ?

On tapa à nouveau.

— Maman ?

Nouvelle tentative de la personne derrière la porte. Ce coup-ci, il se leva et regarda par le judas. Mlle Tuillard, Sophie.

Avec sa sœur, Julie. Mickaël se retourna vers le salon, dos à la porte. Elles allaient entrer, se plaindre légitimement. Ce serait atroce. Il ouvrit la porte.

— Bonjour !

Son ton était peut-être un peu trop enjoué. Redouter Arthur pour accueillir Sophie et Julie, ce n'était pas rien pour le jeune avocat.

— Monsieur Mickaël, ne nous en veuillez pas de cette intrusion, surtout après ce qui s'est passé entre nous hier matin.

— Je vous en prie. Je regrette tellement. J'ai assez peu de temps mais voudriez-vous...

— Avec plaisir, le coupèrent-elles de concert en déboulant chez lui.

Il se dirigea vers la cuisine, résigné :

— Un ou deux sucres ?

— Aucun !

Survivrait-il à cette journée ?

Sophie prit la parole :

— Nous tenions à venir faire définitivement la paix avec vous. Il n'y a rien de pire que les conflits mal digérés entre co-résidents. Vous restez un voisin exemplaire et nous ne nous expliquons pas ce qui s'est passé samedi. Aucune importance, cette triste histoire est derrière nous.

— Tout à fait, valida Julie.

— Merci à vous, c'est très aimable et je regrette tellement.

— Nous en sommes certaines. Tout est pardonné. Cela dit, les choses n'arrivent pas pour rien et nous nous inquiétons pour vous. Êtes-vous sûr que vous êtes vraiment heureux ?

— Oui. Absolument. Mais j'ai une grosse journée de travail qui m'attend et...

— Bien sûr ! Bien sûr ! Ne vous faites pas de souci pour nous, nous connaissons le chemin.

Et après moult protestations d'amitié et de respect éternel malgré le drame passé, Mickaël réussit à mettre ses voisines dehors.

Il sentit son dossier l'appeler depuis son bureau.

Arthur maintenant.

*

De retour du travail, Mickaël eut le sentiment d'avoir pris dix ans en quelques heures. Ses épaules se faisaient plus lourdes, le sol n'avait jamais été aussi proche. Voir Camille. Il décida de se rendre au château. Les baskets données par le gardien encombraient sa voiture après tout. Lorsque, au bout d'une heure, il vit la silhouette sombre de la toiture apparaître, de plus en plus pesante, il s'étonna de son choix.

Il sonna. Jean lui ouvrit :

— Mickaël, un ami de Camille.

— Après vous, monsieur.

— Merci.

Et Mickaël découvrit le château d'Hélène. Des murs gris, un grand escalier desservant l'étage et au bout du hall une porte ouverte sur la salle de réception. Il lui semblait apercevoir une grande table la traversant.

— Bonjour !

Camille, qui passait sur le palier à l'étage, se pencha :

— Mais qu'est-ce que tu fais là ?

— Je t'ai dit que je viendrai bientôt.

— D'accord. Oh là là ! ça me fait plaisir !

Mickaël la rejoignit.

« L'escalier d'Hélène ! L'escalier d'Hélène ! » se disait-il à chaque marche.

— Bonjour, ça va bien ? demanda Camille d'une voix inquiète.

— Bien sûr ! Et vous-même ?

Zut, le tutoiement, il l'avait oublié. Il faudrait tout recommencer. Camille était superbe. Elle portait une longue tunique blanche et ses cheveux étaient remontés en chignon. Mickaël se dit qu'elle devait très probablement se rendre auprès de quelque chevalier de la Table ronde dans la soirée. Ou même du roi Arthur en personne, peut-être bien. Oh non, pas encore Arthur ! Ce gamin ne se laissait pas facilement oublier...

— Je ne veux pas vous déranger. Je tenais à vous rendre vos baskets.

— Vous ne me dérangez pas.

Fin de la conversation. Ils n'étaient pas doués pour les dialogues simples.

— Vous savez, cela m'a fait du mal hier.

— Quoi donc ?

— J'avais honte.

— Il ne faut pas.

— Descendons.

Lorsqu'ils entrèrent dans la grande pièce, Mickaël s'approcha instinctivement du rocking-chair d'Hélène.

— Surtout, ne vous asseyez pas dessus ! lui conseilla Camille.

— Pourquoi ?

— Ma mère l'a toujours ordonné.

— Elle devait beaucoup aimer votre grand-mère, j'imagine.

— Pourquoi dites-vous cela ?

— Ce fauteuil lui appartenait, non ?

— En effet. En tous les cas, je le crois. Ma mère n'en parle jamais.

Ils regardèrent ensemble le fauteuil. Camille eut l'impression stupide que ce rocking-chair leur souriait.

— Pourquoi vous intéressez-vous à ma grand-mère ?

— Je n'en sais rien. J'ai une image d'elle très forte, datant de mon enfance.

— Laquelle ?
— C'était une nuit. Je devais avoir sept ans. Sans rien dire à personne, j'étais sorti voir le château éclairé sur la colline. C'était un peu comme faire l'école buissonnière. L'interdit à peu de frais. Histoire de se faire peur dix minutes. J'ai été stoppé net en voyant une dame blonde en robe blanche au milieu du pont. Elle fixait l'eau, elle était seule, j'étais sûr qu'elle voulait tomber. Elle m'a vu, s'est comme éveillée d'un cauchemar et est repartie bien vite par le chemin du château. Un matin, j'ai raconté cela à ma mère qui me trouvait un air bizarre devant mon bol de chocolat. J'ai tellement pleuré qu'elle en a oublié de me gronder. Elle m'a demandé de me calmer, expliqué que cette dame devait être une touriste de passage qui se promenait sur la route. Mais je savais que la dame n'avait pas de voiture. Le soir, j'ai surpris ma mère qui discutait avec mon père. Papa lui disait que c'était sans doute le fantôme d'Hélène que j'avais croisé. J'ai appris ensuite, patiemment et sans trop éveiller les soupçons, qu'Hélène était votre grand-mère.

— Qui a disparu alors que ma mère était enfant. Bien avant votre naissance donc. Ce que vous racontez est impossible.

— Oui, c'est juste.
— Et ensuite ?
Mickaël reprit, gêné :
— J'ai un caractère passablement obsessionnel. Je m'entête. J'ai raconté cette histoire à mes amis et ils se sont pris au jeu, recherchant Hélène avec moi, rôdant autour du château dès que cela était possible. Cela n'a duré qu'un temps. Ils se sont lassés. Moi, votre grand-mère m'obsède encore.

— Vous êtes toujours convaincu que c'était elle ?
— Bien sûr.
Ils se turent.
— Mickaël, vous ne voulez pas rester ici ce soir ?

Sur le visage de Camille apparaissait en filigrane celui du diabolique Arthur, le défiant d'un air narquois. « Monsieur ! Je t'attends ! » Mickaël frissonna. C'était ridicule.

— Non, je suis désolé. Il faut que je parte, j'ai beaucoup de travail demain. Je regrette.

Camille restait immobile, très calme.

— Simplement pour le repas.
— D'accord.

*

Roxane l'attendait dans la salle à manger pendant que Camille endormait Jack. Mickaël tendit la main à la châtelaine, jovial.

— Comment allez-vous depuis hier ?
— Mal.

Le sourire dégringola.

— Ah bon ?
— Je plaisante.

Mickaël s'exclama, soulagé :

— Vous m'avez fait peur.
— Voulez-vous boire quelque chose ?
— Oui, volontiers, merci.

Ils s'installèrent dans les chaises à haut dossier qui entouraient la table.

— On dirait bien que vous devenez le chevalier servant de ma fille, n'est-ce pas ?
— Nous avons sympathisé, c'est certain. Elle se sent coupable depuis hier soir.
— Il y a de quoi, si l'on y réfléchit bien.
— J'ai du mal parfois. Mes réflexions sont assez, comment dire, fumeuses...

Il rit.

Refrain

— Vous fumez, Mickaël ?

Il sursauta. Cette femme était impossible.

— Euh… Parfois. Comme tout le monde. Ça m'arrive… Pourquoi me demandez-vous cela ? Ça m'aide à y voir plus clair.

— Vous aimez les situations passablement bancales, on dirait. Cette histoire m'échappe.

Mickaël but une gorgée et déclara :

— En même temps, ce n'est pas à vous de l'écrire.

Là, il l'avait touchée au cœur, il s'en rendait compte. Un silence régna pendant quelques secondes. Il y était peut-être allé un peu fort. Il reprit :

— Vous savez, Roxane, ma vie est déplorable, parfois je ne trouve plus de raison de vivre.

Eh bien, maintenant qu'il en parlait…

Roxane ne l'écouta plus.

Mickaël était-il bien nécessaire au bonheur de sa fille ? La lenteur de Mickaël, les hésitations de Mickaël, ses approximations… Quelle fatigue ! L'entente avec Camille ne pouvait être qu'un malentendu. Éphémère. Il fallait donc l'éliminer dare-dare, décida-t-elle.

Mais le pousser sous les rails d'un train le ferait entrer illico dans le panthéon des victimes éternelles. Le harcèlement fantomatique, non merci. Elle en aurait pour des siècles. Non. Qu'il disparaisse. Mais vraiment.

Tellement crampon, Mickaël.

— Je suis seul et je travaille trop. Il y a bien mon père, mais on ne se comprend pas toujours tous les deux.

Mais qu'il se taise donc ! Pourquoi ne partait-il pas en voyage ?

— Vous devriez sortir, Mickaël, rencontrer de nouvelles personnes. Vous connaissez la Thaïlande ?

Il la regarda, bouche bée.

— Pardon ?
Roxane se reprit :
— Pardonnez-moi. J'ai cru comprendre que vous souffriez de votre solitude. Alors je vous demandais, je proposais comme ça, simple suggestion. Dans votre intérêt, vous comprenez ? Son air hébété l'énerva.
— Ce n'est pas grave. Continuez, lâcha-t-elle.
Ce qu'il fit.
— Du coup, j'ai acheté un chat. Je me suis dit que c'était judicieux.
Insupportable. Cette soirée était d'un ennui...
Quelles étaient les raisons métaphysiques de la naissance de ce garçon ? se demandait-elle. Quel dieu fou, quelle assemblée de psychopathes s'était dit un jour : « Au fait, pourquoi pas Mickaël ? » Elle s'irritait tandis que lui parlait toujours. Il était là. Heureux et inutile. Infiniment désespérant.

Roxane inspira un grand coup. Elle n'en avait pas fini avec Mickaël et la soirée allait être pénible.

— Excusez-moi, je vais voir ce que fait Camille. Certainement, elle s'efforce en vain d'endormir Jack. Je vous l'envoie.
— Bien sûr. Ne vous inquiétez pas.
Oh non, il lui en fallait plus.

*

— J'aime beaucoup Émilie.
— Moi aussi.
— Mais vous ne la connaissez pas, Mickaël.
— Pardon ? Vous disiez ?
En attendant Camille, Mickaël avait trouvé sur le buffet une vieille poupée dont il cherchait la tête.
— C'est Marie-Antoinette.
— Qui donc ?

—La poupée. Je l'ai appelée comme cela parce que sa tête tombait sans cesse. Nous avons sorti mes vieux jouets cet après-midi pour distraire Jack.
— Bonne idée. Et qui est Émilie ?
— L'équivalent de Mary Poppins.
— L'Irremplaçable.
— Voilà.
Camille s'assit près de Mickaël à table.
— Où est maman ?
— Je crois qu'elle préfère nous laisser seuls.
— Ah, d'accord. Une vieille habitude chez elle de me laisser seule avec de brillants personnages.
— Et justement : sans vouloir être indiscret, qui était cet homme près de vous dans le bar ?
— Hugo, mon ex potentiel futur fiancé.
— Le Remplaçable.
— Absolument. Un étudiant que j'ai rencontré chez un libraire de notre ancienne région. Il voulait comprendre pourquoi je lisais des contes. Mon métier l'a fait sourire. Il m'a invitée à prendre un verre dans un café tout proche. Il s'intéressait à moi, un peu à la façon de ma mère qu'il connaissait déjà. Il faisait partie des invités du mardi soir.
— Qui sont les invités du mardi soir ?
— Chez nous, à Bélivère, ma mère recevait le mardi soir. Tous les notables de la région étaient conviés. D'ailleurs tous ont un jour signé son livre d'or. Hugo était un aspirant notable.
— D'accord. Mais vous l'aimiez ?
— Ma mère l'aime. Ils refaisaient le monde ensemble. Hugo n'a pas d'amis mais il venait souvent me chercher pour sortir avec moi. Il est venu deux fois à Syren. Cela prouve qu'il tient à moi. Grâce à lui, j'ai pris des cours de théâtre. Je lui dois beaucoup.

Camille leva les bras dans un geste de dépit.

— Mais, désormais, tout ce travail est à refaire. Hugo est parti très en colère. Il avait raison : je ne sais pas mener mes projets jusqu'au bout. Alors à quoi bon ?

Mickaël se recula contre le dossier de sa chaise, perplexe :

— Vous devriez vous rendre plus indépendante. Si je peux vous aider, je le ferai.

— M'aider à partir ?

— Évidemment.

— Tout de suite ?

— C'est-à-dire ?

— Je ne resterai chez vous que pour une nuit ou deux, le temps de trouver un appartement...

— Pardon ?

Mickaël ne sut que dire d'autre. Camille emménageait chez les gens en cinq minutes et en tunique blanche. Et ils n'avaient toujours pas commencé à dîner.

— Il serait aussi temps que vous rencontriez Jack, mon petit garçon.

Mickaël n'arrivait toujours pas à répondre. Il restait figé, son verre dans une main et une chips dans l'autre.

Camille s'inquiéta :

— Je crois que je vous fais peur. C'est normal, en même temps.

— Oui, en effet. C'est une bonne chose que vous vous en rendiez compte.

Puis il se gratta la tête :

— J'espère juste que vous supporterez Wagner. Mais, au fait, vous comptez vous y prendre comment pour conquérir votre indépendance ?

— Je suis conteuse, je vous rappelle.

Il enleva ses lunettes et se massa le haut du nez en fermant les yeux.

— Alors là, oui, c'est sûr, l'indépendance est proche.

Elle lui répondit très sérieusement :
— Oui, je ne suis pas inquiète.
— Mais alors, pourquoi ne pas avoir cherché tout de suite un emploi ?
— Et toi, pourquoi n'as-tu pas encore écrit tes livres ?
— On se tutoie à nouveau ?
— Oui.
— Et Jack ?
— Quoi, Jack ? Je m'organise. Tout est pensé. Réfléchi. Bien en place dans ma tête.

Il se demanda un peu soucieux quelles pouvaient bien être ses résolutions :
— Tu ne peux pas mener ton indépendance chez ta mère ? Elle n'est pas à deux jours près.
— Ce n'est pas à l'intérieur du château qu'on en commence le siège.

Elle eut soudain l'air aux abois.
— Tu ne vas pas me laisser, hein ? Dans ma vie, les femmes sont toujours là. Les hommes, c'est l'inverse.
— Ta grand-mère, elle est partie quand même.

Camille se crispa :
— Je vais dormir un peu.
— Non, nous devons dîner d'abord… Camille, il faut que tu te pardonnes un peu.

Elle releva la tête :
— Pourquoi dis-tu cela ?
— Parce que tu ne te laisses pas vivre, que je suis avocat et que ça pourrait être bien que je m'en souvienne quelquefois. Pour toi.

Elle se redressa, ironique :
— Tu me ferais mettre en prison ?
— J'aurais trop peur de t'y recroiser.

Les épaules de la jeune femme s'affaissèrent. Des larmes coulaient sur ses joues.

En cherchant Hélène, il avait trouvé Camille. Cette situation pouvait être déstabilisante pour les autres. C'était leur problème. Le sien, c'était de trouver un lit pour la nouvelle arrivante. Elle s'était contentée du sofa.

— Quand on a vécu dans d'immenses demeures, dormir sur un sofa équivaut à faire l'école buissonnière, avait-elle répliqué.

Tant mieux alors.

L'appartement lui avait plu. Il n'était pas si ridicule, se rassurait Mickaël. La pièce à vivre était grande, servant à la fois d'entrée et s'ouvrant sur une cuisine américaine. Et puis il disposait tout de même d'un bureau en plus de sa chambre. Ma « salle de travail » comme il la nommait avec une expression contrainte. Camille avait aimé ce terme, qu'elle avait pris très au sérieux.

— Il faut que tu écrives ce livre. Ce sera douloureux mais salvateur, tu verras.

— Sans doute. Ici, la salle d'eau. Sauras-tu te contenter d'une simple douche ? C'est toute la question…

Mickaël était arrivé au bout de son tour du propriétaire (« …que tu n'es pas ! » aurait enchéri son frère).

Le choix de Camille avait déplu à Roxane. Mickaël avait le sentiment que cette dernière ne l'appréciait pas beaucoup et il ferait tout pour la rassurer. La fille d'Hélène ne pouvait pas être aussi revêche qu'elle le laissait paraître. Il avait cependant préféré laisser Camille annoncer elle-même sa décision à sa mère ainsi qu'à Jack.

Camille avait expliqué au petit garçon qu'elle partait juste deux jours et l'enfant l'avait entendue, sans inquiétude. Mickaël trouvait qu'elle n'aurait pas dû lui promettre cela. Obtenir un travail prenait bien plus que deux jours. Il le lui avait dit.

Refrain

— Tu penses vraiment ? lui avait-elle demandé très sérieusement.
— Camille, tu as quel âge ?
— Vingt-trois ans.
— Bon. Eh bien, tu devrais savoir le temps que cela prend de trouver un travail, non ?
— Deux jours, il me semble.

C'était la force de Camille. Elle ne faisait pas semblant de comprendre. Il abandonna.

Et ils vécurent ensemble, plus longtemps que prévu.

*

— Bonjour ! Je suis là ! lui lança-t-elle inutilement le premier matin.

À sept heures. Il émergeait à peine. Elle était prête. Et le petit déjeuner également. La table de la cuisine était recouverte de denrées diverses. Par quel miracle les avait-elle achetées de si bonne heure ? Mystère. Elle rayonnait.

— Je vais partir. Comme ça, je ne te dérangerai pas.
— Camille, il est sept heures, tu ne peux aller nulle part.
— N'importe quoi. Des fois vraiment, c'est étonnant les bêtises que tu peux dire !

Camille, toujours aussi jolie avec ses mèches blondes qui encadraient son visage. Elle avait troqué ses tuniques et ses voiles pour un jean qui la faisait ressembler à n'importe quelle jeune femme. Camille en tenue de combat, prête à vaincre les dragons. Lui, Mickaël, restait un prince vaguement métrosexuel. Sans métro et tout à fait commun dans son short àcarreaux et son vieux tee-shirt de promotion. Camille trouvait qu'il marchait un peu voûté le matin, comme si ses cheveux en désordre pesaient extrêmement lourd sur ses épaules. Elle ne l'avait jamais vu sans ses lunettes non plus.

D'ailleurs, c'était peut-être elles qui pesaient lourd... Il fallait y réfléchir.
— Pourquoi me regardes-tu avec cet air-là ?
Camille s'était assise de l'autre côté du bar au milieu de la cuisine.
— Je peux voir ta tête sans tes lunettes ?
— D'accord.
Il obtempéra.
— Tu es myope !
— Comment tu le sais ?
— Ton regard passe à travers.
— À travers quoi ?
— Je n'en sais rien, mais tu vois bien ce que je veux dire.
Non, il ne voyait pas, mais inutile d'insister. Elle ne s'expliquerait pas davantage.

Mickaël se força à manger le plus possible en buvant son café pour ne pas la vexer. Il essayait d'oublier ses bonnes résolutions. Le monde se liguait contre lui.
— Tu as mangé, toi ?
— Non. Pas vraiment. Je n'avais pas faim.
Il achèterait à son tour des petits déjeuners pantagruéliques à son père et à Camille. Et ils verraient ce que c'était. Pourquoi toujours lui et pas eux, après tout ?
— Bon. Maintenant, j'y vais, lui dit-elle.
— D'accord.
Ce mot leur appartenait. S'il avait pu être à ce point en osmose avec Maître Belcodène, l'associée principale du cabinet où il n'était que collaborateur...
— Tttt... Pas d'accord, lui lançait-elle, lui remontant le menton d'un air grave en redressant les épaules d'un coup sec pour lui donner l'exemple. Les mines dépressives n'étaient clairement pas admises au cabinet. Il pensait toujours avoir le temps de se recomposer une attitude avant de la croiser, mais il était

désormais absolument certain qu'elle prenait des raccourcis et s'était fait poser des antennes pour le prendre sur le fait.

Ses affaires rangées dans la pièce à vivre, Camille partit. Le silence se fit dans l'appartement ; l'atmosphère n'était plus chargée de paillettes. Privés de Camille, les lieux perdaient leur âme. Mickaël mastiqua lentement son croissant.

*

À vingt heures, il arriva le premier, ce qui l'étonna. A priori, elle n'avait pas eu besoin de son double des clés, rien n'ayant bougé dans l'appartement. Où était-elle ? Il se sentait responsable de cette fille, ça en était un peu ridicule. Certes, cette rencontre lui avait sans doute permis de redresser les épaules puisque le « Pas d'accord » traditionnel s'était mué en « Voilààààà ! Je préfère ! » ce matin-là. C'était toujours ça de pris.

À peine assis, il entendit le bruit des clés. Camille avait du mal à ouvrir. Après de multiples tentatives, elle tapa contre la porte.

— Mickaël ! Je n'y arrive pas.

Elle savait donc qu'il était là. Entre autres qualités, il devait être un garçon prévisible.

Il lui ouvrit. Un large sourire aux lèvres et les bras grands ouverts, elle s'exclama :

— J'ai trouvéééé !

Camille se lança dans le salon-salle à manger et esquissa quelques pas de danse avant de s'allonger sur le divan, dans sa pose habituelle de gisant sympathique. Il ne fallait pas se faire de souci, Mickaël le savait.

— Qu'est-ce que tu as trouvé ? demanda Mickaël à la jeune femme allongée et soudain immobile.

— Un travail.

Il s'inquiéta :

— Tout va bien ?
— Je me concentre sur ton divan.
— Il te parle ?
— Évidemment.
— D'accord. Et ça donne quoi ?
— J'ai beaucoup avancé en une journée.
— C'est au divan que tu parles ?
— À vous deux.
— Trop aimable.
— Je t'en prie.

Puis elle se rassit lentement et tourna la tête vers lui.
— Tu ne me félicites pas ?
— Pourquoi ?
— J'ai trouvé un travail !
— Mais... vraiment ?
— Elles sont bizarres, tes questions, tu sais, Mickaël. Comment fait-on pour ne pas *vraiment* trouver du travail ?
— Raconte-moi.
— J'ai tapé à la porte de toutes les maisons de retraite. Hallucinant le nombre de personnes âgées que peut contenir cette ville. Il n'y en avait pas autant en Bretagne. Tu crois qu'elles meurent plus vite là-bas ?
— Pourquoi les maisons de retraite ?
— Les personnes âgées adorent les contes. Comme les enfants. Et puis, tu nous vois raconter nos histoires à un boucher ? En même temps... Pourquoi pas, en fait ? Ce serait réaliste, avec tout ce sang...

Camille joua avec une mèche de ses cheveux en réfléchissant. Mickaël se dit qu'il lui fallait réagir vite :
— Camille ! Allô ! Je suis là, dit-il en claquant des doigts.
— Oui, pardon. J'ai enchaîné les établissements pour cumuler des heures. C'est bon, je pense. J'en aurai confirmation demain. Je suis soulagée. Je crois que je vais dormir.

Refrain

Mickaël sentit le rythme de son cœur s'accélérer. Elle plongeait dans le sommeil en moins de deux. Il valait mieux être rapide.
— Attends !
— Oui ?
— Dors bien.
— D'accord.
Et il se retrouva à nouveau gardien de son sommeil. Un travail à plein temps pour lui aussi.

*

— Je ne comprends pas.
— C'est logique, remarqua Camille. Il n'y a rien à comprendre alors…

La scène se déroulait un vendredi, à ce moment précis de la soirée où les langues se délient parce qu'il est temps de choisir entre deux options : se dire adieu et partir se coucher, ou bien rester et parler de ce qui compte. Les cinq convives assis autour de la table avaient tranché. Jack, en bon sixième et fier de son rang de petit homme, jouait à cache-cache avec la serviette de table de Mickaël.

— Vous avez vraiment décidé de vivre ensemble ?

L'homme assis entre Mickaël et une jeune fille brune l'interrogeait avec des yeux ronds qui accentuaient son air d'éternel étudiant un peu naïf.

— J'avais une pièce en trop, autant qu'elle serve, répondit Mickaël. Jack a désormais sa chambre. Et Camille dialogue avec le canapé. Tout est pour le mieux dans le meilleur des mondes.

— Mickaël écrira dans sa chambre. Finalement, l'inspiration lui vient plus facilement dans une chambre de repos que dans une salle de travail, expliqua très sérieusement Camille.

Jeanne et Thomas restèrent cois.

— Eh bien, moi, je trouve ça extra.

Paul avait pris la parole. C'était rare. Le meilleur ami de Mickaël, un garçon brun et faussement réservé, était considéré comme une sorte d'oracle par le reste du groupe. Il continua :

— Tout arrive miraculeusement avec Camille et Mickaël. C'est comme ça. Pas vrai, Jack, que tu as tout de suite adopté Mickaël ?

Le petit garçon, qui jouait maintenant avec les bouchons de bouteille délaissés sur la table, tapa sur cette dernière en signe d'approbation. Puis il grimpa sur les genoux de Paul.

— Il est temps d'aller au lit, Jack. C'est le week-end d'accord, mais ce n'est pas une raison pour oublier de dormir.

Camille prit son fils par la main. Ce dernier fit un signe à Thomas et Jeanne pour leur dire au revoir. Il envoya un « bisou imaginaire » à Paul qui le lui rendit à la volée.

Dans le bureau de Mickaël reconverti en chambre d'enfant, le petit garçon partit récupérer un livre couvert de dessins d'animaux et chercha la bonne page. Puis il le tendit à sa mère. Après avoir lu l'histoire, elle revint auprès de ses nouveaux amis.

Mickaël admirait son aisance et l'enthousiasme qu'elle avait généré chez ses proches en quelques semaines. Leur rencontre s'était faite tout naturellement. Camille parlait à votre cœur son dialecte intime. L'impression de son âme restait dans votre mémoire. Comme le négatif d'une pellicule.

Thomas s'interrogea :

— Et vous revenez toujours à Syren les week-ends ?

Jeanne, qui resservait le verre vide de son compagnon, le reprit :

— Chaque week-end, tu exagères ! Vous devez bien rester quelquefois en ville, non ?

— Rarement. Camille aime retrouver ses forêts, se rendre au

château. Et moi, je vais voir mon père. Ça lui donne l'occasion d'estimer le temps qui passe. Le temps présent, je veux dire.
— Tu es son actualité en quelque sorte.
— Voilà.
Mickaël acquiesça à la remarque de Paul. Garde forestier, son vieil ami connaissait bien Philippe, à qui il rendait quelquefois visite. Il lui avait même fait don du rondin d'un très vieux chêne, avec les datations historiques correspondantes. Il aimait beaucoup entendre Philippe parler de cet arbre.
— Lui me bondira dessus dès demain pour m'informer des dernières découvertes concernant la Brinvilliers.
— Qui est ?
— Une tueuse en série morte en 1676.
— Le deuil est fait, remarqua Thomas.
— Pas pour Philippe, souligna Camille.
Il ne fallait pas critiquer les personnes que Camille aimait. Bouclier imparable, toutes les armes du monde reposaient à ses pieds.

*

Mickaël se sentait confiant. Camille travaillait beaucoup et avait trouvé une école proche de leur domicile. Dès la rentrée de Toussaint, Jack semblait tout à fait intégré à sa nouvelle vie. Cerises sur le gâteau, Maître Belcodène validait l'attitude matinale de son collaborateur, applaudissant presque chacune de ses entrées en scène. Et Arthur filait doux. Deux très grandes victoires.

Chaque jour, Mickaël s'obstinait sur son polar astral. Cela réjouissait Camille, même si elle aurait préféré qu'il lui écrive des contes et soit moins distrait par leur présence. Il se souciait en permanence du confort de ses nouveaux hôtes. Il était le gardien de leur vie, de leur sommeil et de leurs rêves. C'était trop pour Camille.

Une fin de journée, la mère et le fils assemblaient un puzzle que Jack avait reçu le week-end précédent pour son anniversaire. Mickaël sentit le rythme de sa frappe s'accélérer et son attention constante s'éloigner d'eux. Ça y était. Il trouvait. Après quelques minutes, il s'arrêta pourtant pour les observer. Juste une minute. C'était sans espoir, une vraie fatalité, ce besoin d'eux. Il s'avança à pas de loup depuis sa chambre jusqu'au salon.

Ils relevèrent la tête.

Zut.

— Camille, veux-tu que nous sortions boire un verre ? C'est mardi. Jack n'a pas école demain.

— Écris d'abord.

— Je ne peux pas.

— Ne dis pas cela.

— Je préfère sortir avec toi.

— D'accord.

Jack sauta dans les bras de sa mère, délaissant son puzzle. Mickaël s'attendrit devant ses deux « amours » s'affairant dans le couloir, à la recherche de leurs chaussures et manteaux. Ils étaient seuls ensemble. Dans la rue, Mickaël prenait son temps, les laissant continuer leur dialogue silencieux dans la rue. Il admira Camille marcher en équilibre sur le bord d'un trottoir pour amuser son fils. Ce dernier se tourna vers Mickaël et courut vers lui.

— Tu l'aimes bien, ta maman, pas vrai ?

L'enfant haussa les épaules. Camille éternua au même moment, en synchronisation parfaite avec Jack ainsi qu'avec un rayon de soleil qui venait de lui effleurer l'épaule. Le soleil d'hiver la faisait éternuer.

*

Les rafales de neige les avaient empêchés de conduire jusqu'à Syren ce week-end-là. Ils s'occupaient tous les trois, piochant tout ce qu'ils pouvaient dans les placards. Camille fouillait. Mickaël n'y voyait pas d'inconvénient. Elle commença par sortir tous les stylos et les feutres qu'elle trouvait, des feuilles et des brouillons. De vieux vêtements, des écharpes et des draps. Pendant qu'elle triait son butin, Jack restait assis à côté d'elle, par terre, l'air ravi. Il semblait dire à Mickaël : « Tu vas voir : on va bien s'amuser. » Mickaël proposa alors à l'enfant de faire une réussite en attendant que sa mère finisse de tout préparer. Cette distraction soudaine l'amusa beaucoup et il fit un clin d'œil complice à Jack. Lui aussi pouvait avoir de bonnes idées, pas vrai ? Camille redressa la tête :

— Tu as un jeu de cartes ?
— Bien sûr, voyons !
— Mais connais-tu leur histoire ?
— C'est-à-dire ?

Jack riait sous cape. Camille prit les cartes, qui s'animèrent alors dans ses mains. Elle pouvait en faire ce qu'elle voulait. Un véritable ballet de rouges et de noirs qu'elle mettait en scène.

— Nous n'aimons pas Argine, pas vrai, Jack ?

Le petit garçon secoua la tête, très sérieux.

— Qui est Argine, Camille ? demanda Mickaël.
— Regarde dans ta manche et tu verras.

Mickaël secoua ses deux poignets au-dessus du sol et la dame de trèfle tomba de sa manche gauche.

— Comment fais-tu cela ?
— Argine est très sévère. Elle règne sans partage sur un royaume bien trop triste et austère, disparu depuis longtemps. À l'époque, les paysages n'avaient pas d'autres tonalités que le noir et le blanc. Argine ne supportait pas les nuances, avait peu d'imagination. Ses parents l'avaient d'ailleurs appelée Argine

en mélangeant les lettres du mot Régina, la reine en latin. Elle n'était rien d'autre, même pour ses parents. Elle n'avait pas le choix. Forcément, Argine agaçait Pallas.

— La reine de cœur ? suggéra Mickaël.

— Bien sûr que non. Mais pourrais-tu vérifier dans ce dictionnaire, au mot « cœur » ?

Et Mickaël s'exécuta. L'ouvrage était posé sur la table basse à côté du canapé. À peine eut-il ouvert à la bonne page que la dame de pique tomba à ses pieds. Jack applaudit. De toute évidence, il connaissait ce numéro.

— Raconte-moi Pallas, Camille.

La jeune femme commença :

— Une rigolote, contrairement à ce que l'on pense. Une ironique. Du genre qui te regarde du coin de l'œil pour voir si tu as bien saisi la blague. Pas une méchante. Plutôt de celles qui réveillent les foules parce qu'elles écoutent ce qu'elles ont à dire. Et sans aucune morale. Alors, forcément, avec Argine, tu comprends bien que ce n'était pas toujours joyeux.

Il le comprenait très bien.

— Et les deux autres ? voulut-il savoir.

— Tu joues aux cartes et tu ne sais pas comment elles s'appellent ? Tu es quelqu'un toi, quand même !

Et elle regarda Jack en souriant. Le petit renvoya un regard entendu à Mickaël. C'était agaçant parfois.

— Judith et Rachel, le cœur et le carreau, formaient un duo. Deux copines pour la vie qui ne voyaient jamais le mal. Pallas en profita pour les manipuler et rendre Argine complètement chèvre. Rachel était transparente, Judith stupide. Ce fut facile.

— Comment s'y prit-elle ?

— Elle leur apprit comment faire des réussites. Les cartes étaient truquées. Pallas gagnait à chaque fois. Rachel et Judith étaient mordues, alors Pallas leur apprit les mises, l'argent, les gains… Elles ne pensèrent plus qu'à cela. Le royaume d'Argine

Refrain

devint une immense partie de cartes, de luttes et d'insultes. Pallas avait gagné. Voilà.

En racontant tout cela, Camille posait une réussite qu'elle gagna, la dame de pique et son valet terminant la suite. Mickaël restait immobile, subjugué. Camille demanda :
— Tu as aimé ? Apprends-moi ta réussite.

Il se sentit idiot : comment surprendre après Camille ?

Il prit son courage à deux mains et commença. La réussite dura longtemps. Camille ne comprenait rien tout à coup, Mickaël n'en revenait pas. Il lui expliqua alors que ce n'était pas grave. Jack, en revanche, suivait tout avec attention. Quand Mickaël eût fini, ils applaudirent.

C'est alors que les perruches jacassèrent dans l'appartement d'à côté. De façon persistante. Pourtant, Mickaël avait bien précisé à la boutique : « Pas trop bavardes, je n'ai plus de chat. » Ses voisines lui avaient été reconnaissantes de cet achat qui permettait d'oublier le tragique épisode de la mort de Suzy et de Lola. Mais Pepito et Lulu n'étaient manifestement pas plus discrets que ces dernières. Camille décida soudainement d'aller sonner chez Sophie et Julie. Mickaël retint son souffle. Il pressentait qu'il allait vivre un moment très perturbant.

— Non, Camille, s'il te plaît.
— Je vais juste leur demander gentiment si elles peuvent les faire taire.
— Comment veux-tu qu'elles s'y prennent ? C'est impossible.
— Tu as raison. Je vais trouver une autre solution.

Mickaël crut qu'il avait gagné cette fois, mais Camille se leva, se dirigeant vers la porte.

— Mais qu'est-ce que tu fais ?
— Je vais m'occuper moi-même de ces perruches.

Catastrophe. Il envisagea immédiatement un déménagement potentiel.

Camille ouvrit la porte, tenant Jack par la main, et proposa à Mickaël :
— Tu peux venir si tu veux.
Trop aimable.
Il les accompagna, la peur au ventre.
Camille sonna, sereine. Une vieille dame à l'air grincheux leur ouvrit. Lorsqu'elle découvrit Camille, elle écarquilla les yeux. Il s'agissait de Julie, à qui Camille avait expliqué un jour qu'Émilie cuisinait des pigeons remarquables.
— Qu'est-ce que vous faites là ?
Camille semblait terroriser sa voisine, Mlle Tuillard, Julie, qui les fit tout de même entrer. Mickaël constata à nouveau l'effet que la jeune femme provoquait sur autrui. Une sorte d'autorité dont elle n'avait absolument pas conscience. La sœur jumelle de Mlle Tuillard, Sophie, retenait sa respiration, accoudée au vieux buffet du salon.
Camille se posta devant elle, Julie dans son dos.
— Je viens parler à vos perruches.
« Camille ! non ! », supplia Mickaël du regard. Son amie ne lui prêtait aucune attention. C'était un spectateur. Il allait voir. Camille attendit, sûre de son fait. Sophie et Julie avaient l'air de deux domestiques impuissantes.
— Pardon ?
C'était la plus méchante des deux, Sophie, plus acariâtre que jamais, qui avait osé prendre la parole.
Mickaël fit un pas, mais Camille le devança vers la cage dans laquelle piaillaient les deux perruches. Mélange détonant d'assurance et de légèreté. Pour elle, la démarche semblait légitime.
Elle posa les deux mains sur la grille en fermant les yeux.
Les deux sœurs restèrent bouche bée.
Sophie se lamenta :
— Qu'allez-vous leur faire maintenant que vous n'avez plus de chat ?

— Taisez-vous maintenant, c'est insupportable. Et mangez vos graines ! cria Camille.

Mickaël crut une minute que la jeune femme s'était adressée à ses voisines et il serra les mâchoires, crispé.

Il se détendit en entendant Camille qui maternait les deux sœurs :

— J'ai bien conscience que vous aimez ces bêtes, mais admettez qu'elles sont nerveuses. Très désagréables. Je pense que maintenant elles iront mieux. Un peu d'autorité ne nuit pas.

Et elle revint vers Mickaël. Durant toute cette scène, Jack n'avait pas quitté sa mère, petit page prenant son rôle très au sérieux.

Enfin, Camille conclut cérémonieusement :

— Mais nous nous imposons à vous et ce n'est pas correct. Bonne fin de journée, mesdemoiselles !

Elle ressortit, Julie lui tenant la porte.

Fin de l'acte. Sortie de scène.

Mickaël s'affala aussi sec sur son canapé.

— J'ai parfois l'impression de ne pas toujours savoir me faire bien entendre, tu ne trouves pas, Mickaël ?

— Sans doute.

Et ils reprirent leur réussite. On n'entendit plus les perruches ni cet après-midi-là ni les jours suivants.

VI

CONTE À REBOURS

Seul dans son château, il projetait son prochain crime. Le fourbe Poissons précéderait dans la mort l'irascible Bélier. Vingt-huit jours sépareraient les deux crimes pour que jamais, ô grand jamais, la douce Marie ne le soupçonnât. Il ne pourrait alors supporter son regard. Elle continuerait de l'aimer et il la tiendrait cloîtrée auprès de lui pour toujours.
Vingt-huit jours… Un cycle lunaire. Il ne pouvait s'interdire cet hommage poétique au cœur de son projet machiavélique.

— Cinq euros quatre-vingt-dix !
Le serveur tendait sa note à Mickaël. Il aurait tout de même pu attendre qu'il ait fini d'écrire ! Mickaël donna la somme exacte et reprit son stylo. Où en était-il ? Ah oui : le cycle lunaire ! Mais au fait, où Camille avait-elle bien pu partir ? Cela faisait bien une heure que Mickaël attendait son retour, assis à la terrasse du café faisant face à son immeuble.
Il l'avait vue ressortir après qu'elle eut accompagné Jack à l'école. Habituellement, elle ne travaillait pas le vendredi matin. Et si ça avait été le cas, elle ne serait jamais sortie sans sa cape et son baluchon. Aujourd'hui, elle s'était banalisée ; en tenue de guerre donc. Il avait honte de son attitude et de sa méfiance, mais en ce moment les questions et mises au

point s'enchaînaient ; Camille cherchait sa place. Quand ils conversaient, Mickaël avait l'impression que le monde entier lui demandait de se justifier à travers elle, ce qu'il ne voulait pas faire, ce que justement Camille lui avait appris à ne pas faire. Se justifier de quoi ?

La veille, Camille et Mickaël s'étaient raconté leur journée, accoudés à la fenêtre de la cuisine, une canette de bière à la main. Camille venait de coucher Jack. Le soleil fatiguait, la nature s'apaisait, les gens heureux déambulaient bras dessus bras dessous et les oiseaux volaient vers d'autres horizons joyeux.

— Lorsque j'ai appris la mort de mon grand-père, il y a un an, l'air était chargé de la même atmosphère.

Mickaël avait préféré éviter le sujet.

— À quelle heure voudrais-tu que nous partions pour Syren samedi ?

— Mickaël, nous n'allons rien construire.

— À Syren ?

— Non, en général.

— Que veux-tu construire en général ?

— Je ne t'apporte rien.

— Que faudrait-il que tu m'apportes ?

— Un cadre. Un avenir.

— Qu'est-ce que cela signifie ?

— Dans l'une de mes maisons de retraite, celle avec la cascade…

Il y avait celle avec la cascade, celle qui ressemblait à la maison d'un film d'horreur et celle avec des volets bleus.

— Oui, eh bien ?

— J'ai discuté avec une vieille dame, Jeannette, que j'aime beaucoup. Elle m'a posé des questions sur ma vie. Je lui ai parlé de Jack.

— Et alors ?

Refrain

— « Comment va-t-il, cet enfant ? », « Est-ce qu'il parle beaucoup ? », « A-t-il des petits frères ? », « S'entend-il bien avec son papa ? »
— Et qu'as-tu répondu ?
— Rien. Elle aurait été trop déçue.
— Mais tu t'étais forcément rendu compte de ta différence, non ?
— Pas vraiment. On ne se rend compte de rien lorsque l'on ne vit pas.

Ils y étaient. Ce moment que Mickaël avait redouté entre tous.

— Et comment comptes-tu t'y prendre pour mieux ressembler aux autres ?
— Je ne sais pas. Comment faire pour que Jack parle ? Pour me séparer de toi ?

La dernière question avait dénoué un sortilège. Les mots étaient posés. Lui ne voyait pas plus loin que leur bonheur. Mais il n'était plus certain que cela concernait Camille.

Camille, ne fais pas cela. Pas pour eux.

Elle avait repris :

— Mickaël, on ne peut pas continuer comme ça.
— Comme ça quoi ?
— Tu vois bien ce que je veux dire.

Non, il ne le voyait pas. Il ne voulait pas le voir. Jamais.

— Pourquoi te poses-tu ce genre de question, Camille ? Pour Jack ? Il est malheureux, tu crois ?
— Non. Mais s'il ne parle toujours pas, c'est sans aucun doute parce qu'il perçoit mon mal-être.
— Bien sûr, il ressent ta peine.
— Non… Il la voit, oui, bien sûr, mais il sait également d'où elle vient.
— Tu ne lui as pas demandé des conseils, au moins ?
— Non ! Pour qui me prends-tu ? Je sens que je vous perds, Mickaël.

— Pourquoi donc ?

Elle n'avait pas répondu. Sa réponse se trouvait dans un ailleurs où Jack et lui n'existaient pas. Jusqu'à quel point pouvait-elle leur faire du mal, à Jack surtout, sans que Mickaël agisse ? Il voyait cet enfant, il l'aimait plus qu'il n'aurait pu le dire, de façon plus fulgurante encore qu'il n'aimait Camille. Cet enfant, c'était lui, mais avec moins de chances au départ. Mickaël n'avait rien demandé le concernant. On l'avait choisi, lui, pour l'aider, mais il s'en sentait incapable ! Le visage de l'enfant l'empêchait même de réfléchir, comme un trop-plein d'émotions. Mais bon Dieu, que devait-il faire ?

Mickaël l'avait interrogée directement :

— Camille, est-ce que tu veux partir ?

— Je ne sais pas.

— Est-ce que Jack et moi sommes un poids pour toi ?

Elle s'était mise à pleurer, perdue. Il avait envisagé d'appeler Roxane mais s'en était abstenu. Celle-ci jugeait beaucoup, donnant sans cesse des solutions. Et cette fois-ci, la solution était la propriété de Camille. La jeune femme se rendait d'ailleurs de moins en moins souvent au château. Après chaque visite, Mickaël la retrouvait un peu plus figée, comme glacée. Elle préférait rester à la ville avec son fils ou bien accompagner plus souvent son ami chez son père. C'était des conseils de ce dernier et de sa mère dont Mickaël avait le plus besoin.

L'avocat referma son cahier et partit travailler.

*

Vers dix-sept heures, Camille revint de l'école, tenant Jack par la main. Mickaël lui demanda pourquoi elle avait les traits tirés, mais il ne put rien en obtenir. Simplement qu'elle préférait rester chez eux pour le week-end plutôt que d'aller à Syren.

Le soir même, Mickaël demanda à ses parents de se réunir exceptionnellement chez Pauline pour qu'il puisse leur confier ses préoccupations. À son arrivée, ils étaient debout, côte à côte dans le couloir, déjà prêts à l'écouter. Ils ne lui demandèrent même pas s'il avait mangé.
— Camille ne va pas bien ?
— On l'a emprisonnée ?
— Non, papa, pas cette semaine.
— Que se passe-t-il, Mickaël ?
Pauline désigna un fauteuil du salon.
— Camille a des doutes sur sa vie. Jack ne parle pas, nous ne sommes même pas un couple. Je ne lui apporte rien.
— Calme-toi et explique-nous. Que dit-elle exactement ?
Mickaël passa la main dans ses cheveux comme pour effacer ses pensées obsédantes.
— Elle pense que nous ne nous apportons rien.
— Bien sûr que si. Elle t'a redonné confiance en toi et tu lui as dressé son thème astral.
Pauline donna une tape sur le bras de Philippe.
Le père de Mickaël avait été séduit par Camille dès le premier regard, parce que, selon lui, elle appartenait au Passé. Lorsqu'elle écoutait ses anecdotes ou admirait ses gravures, elle reconnaissait les êtres qu'elle voyait ou dont elle entendait l'histoire. « Bien sûr ! J'aurais fait de même. » Elle était formidable.
— Papa, que dois-je faire ?
L'historien ne répondit pas. Pauline vint à son secours :
— Mickaël, il n'y a que toi pour savoir pourquoi la vie vous a mis l'un et l'autre sur la même route. Que veux-tu pour elle ? Que choisis-tu pour toi ?
— Je voudrais la garder avec moi, mais quelque chose lui manque. Le cadre de notre vie ne suffit pas à Camille. Elle ne se sent pas à la hauteur.
— Laisse faire le temps, il te donnera des réponses.

— Mais elle se juge coupable pour nous. Elle n'a plus qu'à choisir. Et je la suivrai, comme à mon habitude, conclut Mickaël.

*

Le samedi matin, il faisait beau et, logiquement, personne ne lui avait acheté de petits déjeuners orgiaques. Il n'y avait pas de raison.

Mickaël se leva tranquillement. La journée serait bonne. Dans la cuisine, pas de croissants mais une lettre sur la table. Mickaël sentit son ventre se crisper. Voilà, il ne s'était pas trompé. Il aurait simplement cru que cela prendrait plus de temps. Il retourna la lettre.

Préparer le petit déjeuner pour Jack. Mais, d'abord, voir comment il dormait.

Mickaël se rendit devant la chambre du petit garçon de Camille. Il posa l'oreille contre la porte, puis l'ouvrit doucement. L'enfant dormait à poings fermés. Quand il se réveillerait, il faudrait s'occuper de lui, lui donner beaucoup d'amour. Encore plus que d'habitude.

Mickaël referma la porte et retourna à la cuisine.

C'était le moment. Mickaël s'assit à table et lut.

*

Mickaël,

Voici l'histoire de Jack, que tu es tellement impatient de connaître. Intimement.

Tu ne me l'as jamais demandée. Je t'en remercie.

Sais-tu pourquoi j'ai appelé mon enfant Jack ? Parce que, lorsqu'il est né, je me suis sentie éventrée. Jack l'Éventreur… Humour de faussaire. Je n'étais pas mère…

Depuis, je porte l'énorme culpabilité de celle que je n'ai pas été. Je porte la culpabilité de ce que je n'ai pas fait.

Mais, depuis, Jack, c'est autre chose : cet alcool qui nous a fait nous rencontrer et aussi cette connexion qui a lieu entre nous. Deux Jack qui renvoient la lumière. La nôtre.

Pour la plupart des gens, l'union parfaite se résume en quelques mots : « Ils se marièrent et eurent beaucoup d'enfants. » Le rêve de la plupart des filles, paraît-il. Je n'ai pas beaucoup été une fille. Se marier, avoir des enfants, c'était le problème des autres. Moi, j'ai voulu obéir à celle que l'on m'a forcée d'être.

Avec toi, au moins, le conte de fées est impossible. Tu es aussi un incapable de la norme. Nous ne pouvons pas salir une belle histoire. Notre histoire n'existe pas. Elle s'écrit au présent et n'a jamais été vécue. Elle n'a pas de nom.

Pas de modèle. Pas de refrain, pas de rengaine.

La liberté. La mort des héros que nous ne savons pas jouer et puis, notre vie.

Aujourd'hui, je la saisis égoïstement, cette liberté. Je tente le tout pour le tout au risque d'obtenir le rien. Je m'en vais. Je meurs en quelque sorte. Selon toi, je n'étais pas raisonnable. Tu avais raison. Alors réjouis-toi et trace ta route aussi de ton côté.

Tu sais que je reviendrai. Que je ne fais pas ça pour rien, mais parce que j'ai enfin un désir à moi, un désir profond, le désir d'une enfant, comme un retour aux sources.

Mon petit Jack, je sais que je pourrai l'aimer. Lui rendre cet amour que lui me donne et que je ne sais pas rendre.

Si un dieu existe, et je ne sais lequel, c'est lui qui m'aura donné cette chance. Parce qu'elle est un miracle.

Jack, c'est l'écume de cette histoire, ce que j'ai de plus cher et de plus amer.

Prends soin de lui qui n'a plus rien.

Il t'aimera comme celui que tu voudrais tellement être.

Les enfants aiment ceux qui le leur demandent.

Et toi, avant même de le connaître, tu le lui demandais. Mickaël, tu es un prince sans épée, tu n'as rien d'un roi qui assassine.

Moi, je vais guérir, m'aimer comme d'autres auraient dû le faire, mais ce n'est pas sûr, mais ça prendra du temps...
Je vous aime et je me délivre. Je reviendrai.
Pardon de vous faire attendre. Disons qu'une étoile se doit de se faire désirer, pas vrai monsieur l'astrologue ? C'est déontologique...

Mickaël inspira. Camille emplissait la pièce de son bonheur et de sa peine, de sa voix ; comment ferait-il sans elle ? Et Jack ? Mickaël redressa la tête en direction de la chambre du petit garçon. Pour lui, il était prêt à toutes les batailles. Il replia la lettre. Camille était partie. Il serait là.

*

La sonnerie retentissait dans son oreille. Peut-être que Roxane ne voulait pas répondre. Elle décrochait toujours pour Camille, mais pas forcément pour Mickaël. Il rappela.

Elle répondit immédiatement, agacée :
— Que se passe-t-il, Mickaël ?
— Camille est partie.
— De quoi s'agit-il ?
— Roxane, quand avez-vous vu Camille pour la dernière fois ?
— À un gala de bienfaisance il y a trois jours. Elle portait un imperméable gris. Elle faisait bonne figure, mais je voyais bien qu'elle était inquiète derrière ses verres fumés.
— Pardon ?
— J'ironise. Vous parlez comme un policier. Pourquoi vous informez-vous de Camille ? Vous menez une enquête ?

— Elle a déposé une lettre à mon attention ce matin dans la cuisine.
— Que disait-elle ?
— C'est de cela dont je voudrais vous parler. Il faudrait que l'on se voie. Ce soir, vous seriez disponible ?
Elle l'était. Mickaël raccrocha.
Au moins, Roxane ne pourrait plus lui reprocher d'appeler pour ne rien dire !
Il s'assit sur le canapé et la seule pensée qui lui vint sur l'instant était qu'il ferait mieux de ne plus se lever le matin. Jamais.
Ou alors avant tout le monde.
Il prit son téléphone pour appeler Camille et le reposa aussitôt. Il relèverait ce défi sans l'aide de personne. Dans la salle de bains, il se dit que, ce matin-là, ce serait lui qui irait à la boulangerie. Et il y achèterait tout ce que Jack lui demanderait. Absolument tout.

*

Mickaël avait choisi de se rendre au château. Jack était le petit-fils de Roxane ; il était normal que Mickaël le lui amène. Mais il serait difficile de la convaincre que désormais il s'occuperait de l'enfant. Elle n'aurait pourtant pas le choix. Mickaël jeta un œil dans le rétroviseur ; Jack restait serein, comme si rien n'était survenu de traumatisant pendant la nuit. Ce trajet était pourtant si différent de ceux qu'ils avaient vécus si souvent tous les trois !
Un virage après l'autre, dans la nuit, sans logique. Des arbres sombres bordaient les prairies que l'on devinait à peine. Des tableaux s'enchaînaient par à-coups selon la direction où donnaient les phares. Des ombres, des hauteurs majestueuses qui couvraient cette route qu'ils connaissaient par cœur. Les fermes isolées, les collines comme des frontières vers l'inconnu. Au

loin, c'était un autre univers, perdu dans l'obscurité. Les petites herbes éblouies par la lumière et qui se laissaient surprendre. Par moments, des poteaux indicateurs, des panneaux publicitaires, complètement hors sujet et qui s'excusaient d'être là, absurdes et décalés. Ils appartenaient au lendemain, lorsqu'il ferait jour. Mickaël eut le sentiment de ne plus très bien comprendre pourquoi il était là, maintenant, et dans quel but il avait dérangé l'ordonnancement de ses paisibles journées. Il se rappelait vaguement qu'il devait expliquer une histoire.

Un petit animal traversa. Alors Mickaël s'écria : « Oh le petit lapin ! » Et l'enfant à l'arrière chercha du regard, concentré. C'était trop tard, bien sûr. Un silence suivit.

Chaque semaine, la même route. Mais qui aujourd'hui ne se ressemblait pas. Le récit était différent. Les maisons jaugeaient les intrus qui passaient sur la route et leur voulaient du mal. Des phares au loin allaient vous croiser, vous éblouir, peut-être vous percuter, peut-être volontairement. On pouvait aussi être seuls dehors. Les arbres alors nous menaceraient, le vent hurlerait. Fouet obsédant. Le jour, c'est la vie des êtres et la nuit, c'est la vie des choses, avait raconté certain conte. C'était un monde qu'il ne fallait donc déranger sous aucun prétexte. Mickaël s'abandonnait ainsi à son imagination. Le petit garçon devait ressentir ses incertitudes. Et c'était flou. Et c'était large comme l'océan.

— Où est partie Camille ?

Sur le perron du château, telle une ombre auréolée par la lumière du hall, Roxane ne semblait respirer que pour entendre la réponse à cette question.

— Bonsoir, Roxane, laissez-nous d'abord entrer. Je vous expliquerai.

Roxane s'écarta. Mickaël voulait se montrer conciliant. Il portait Jack dans ses bras. Le petit garçon ne voulait plus le lâcher. L'avocat sentait que les cartes étaient entre ses mains.

— Je vais faire appeler Émilie.

— Ne vous donnez pas cette peine, Roxane. Je garderai Jack près de moi. Cet enfant peut très bien nous entendre.

— Comme vous voudrez, Mickaël.

Il lui raconta leur triste journée dans le petit salon. Roxane ne prit la parole que pour demander à Jack de la rejoindre. Il fallait se préparer pour la nuit.

— Jack a mangé et il a pris son bain. Il restera avec moi cette nuit. Et toutes les nuits qui s'écouleront jusqu'au retour de Camille.

— Vous, vous vous en sentez capable ?

Mickaël avait soutenu son regard en s'étonnant de ne pas être changé dans la seconde en statue de cire. Ou de sel. C'était sans importance. En statue en tous les cas.

— Oui. Jack sera heureux avec moi. Nous nous sommes habitués l'un à l'autre, je connais ses habitudes.

— Vous n'avez aucun droit légal sur cet enfant.

— Je ne vous conseille pas de vous aventurer sur ce terrain-là, Roxane. Je ne souhaite pas le faire avant son retour, mais je pourrais appeler Camille. Je la retrouverai s'il le faut, vous le savez très bien.

Roxane se fit plus doucereuse.

— Oh là là ! Quelle réactivité ! Très très bien : ce n'est pas la peine de prendre la mouche avec moi. Mais comment ferez-vous pour les jours qui viennent ?

— Nous passerons le reste du week-end chez moi et je poserai ma semaine. Je ne prends jamais de vacances.

— Vous avez tout prévu, dites-moi.

— En effet. Pour le reste, nous verrons bien.

Et ils partirent. En tournant la clé de contact, Mickaël était convaincu que le chemin du retour serait bien moins éprouvant que l'aller.

Refrain

*

Des couleurs vives et la chaleur du bois. La peinture blanche. L'appartement lumineux de Pauline. Malgré ses bonnes résolutions, Mickaël avait choisi de passer le dimanche chez sa mère.

— Où est Camille ? avait-elle demandé.

— Camille est partie.

Elle n'avait pas posé plus de questions et les avait fait entrer, Jack soudainement dans ses bras. L'amour total de sa propre mère englobait le petit garçon. Il s'était passé quelque chose entre ces deux-là. Bien avant le départ de Camille.

Mickaël s'étira, resserra les mains autour de son mug et respira les effluves de mûre. Ses pensées étaient toujours vaporeuses, mais plus encore dans cette pièce qui vous laissait sans défense, accueillante comme une hôtesse chez qui on avait tout de suite envie de vivre. Il enleva ses lunettes et se massa le haut du nez. Mise au point sur la semaine à venir.

S'asseyant tel un petit prince des Mille et Une Nuits sur les coussins entassés au sol, Jack, droit et sérieux, écoutait Pauline. Elle l'incluait toujours dans ses conversations. Mickaël restait inerte, soudain abattu.

— Camille avait besoin de prendre le large.

— Très bien.

La réponse de sa mère surprit Mickaël. Que comprenait-elle ? Pauline se tourna vers Jack :

— N'oublie jamais que ta mère t'aime, Jack. Je la connais. Elle t'aime infiniment. N'oublie pas ce qu'elle t'a dit en partant.

Jack hocha la tête et le ventre de Mickaël se tordit. Confiant, l'enfant affrontait sa jeune vie.

— Comment sais-tu ce que Camille lui a dit en partant ?

Pauline caressa la main de son fils :

— Tu as besoin de dormir. Je vais te préparer ta chambre.

Jack dormira près de toi, sur la « mer des coussins », pas vrai, bonhomme ?

Jack applaudit.

Son mug de thé à la main, Mickaël constata que les vagues de coussins s'étaient déplacées au gré des envies de Jack. Couché dessus, il feuilletait des livres en ce moment.

— Viens prendre un muffin, Jack.

Alexandra était passée le samedi matin chez Pauline pour déposer des victuailles. « J'ai cuisiné pour le week-end ! »

— Ma belle-fille est infatigable. Mais, pour aujourd'hui, elle a eu du flair, remarqua Pauline.

— Ne lui parle pas tout de suite de ce départ, s'il te plaît, maman.

— Tu me prends pour une imbécile ? Alexandra n'en ferait qu'une bouchée de ce petit ! Ou alors... Ça pourrait être l'inverse. Tu sais que Jack pourrait bien lui clore le bec à ce dragon ? Elle s'acharnerait à le faire parler. Ça pourrait être drôle d'essayer un jour...

Pauline regarda Jack pensivement.

— Maman, s'il te plaît. Reviens parmi nous, comment vais-je m'en sortir ?

— Tu crois que je n'ai pas compris la situation ? Tu feras comme Camille te l'a écrit. Elle t'a confié son enfant, ce n'est pas pour rien.

— Pourquoi ne m'as-tu pas dit que Camille t'avait prévenue de son départ ?

— Parce que ce n'est pas le cas.

Alors c'était une sorcière. Il était le fils de Médée. Pas de chance quand même.

— Ne perds pas de temps à comprendre, Mickaël. Un jour tu verras clair sans que tu y penses.

En plus, elle le traitait de semi-imbécile. Mickaël ne se sentait pas aidé aujourd'hui. Exceptionnellement, il en voulait aux femmes. Coupable pensée, somme toute assez légitime dans sa situation.

Jack saisit un gâteau et le verre de jus de fruits frais que la mère de Mickaël lui réservait toujours. Pauline posa la main sur le genou de son fils.

— Tu y arriveras, Mickaël. J'en suis absolument certaine. Si tu flanches, si tu ne sais plus du tout comment faire, appelle-moi. Mais fais de ton mieux avant. Camille savait que seul tu en serais capable.

Pauline avait raison. Jack faisait depuis longtemps partie de sa vie.

*

Les semaines suivantes, Mickaël s'imposa de passer quelques heures de ses week-ends chez Roxane. Cette dernière se montrait distante depuis le départ de sa fille, comme indifférente à sa vie et à celle de Jack. Mickaël s'inquiétait pour elle, discutait de tout et de rien pour la distraire. Leur présence semblait l'ennuyer. La dernière fois qu'ils s'étaient vus, elle avait même paru impatiente et s'était exclamée, lui coupant la parole alors qu'il racontait pour la centième fois les soucis de son quotidien :

— Mickaël, il faudrait vraiment que je vous chronomètre. Rappelez-le-moi la prochaine fois que vous m'expliquerez l'une de vos fameuses petites anecdotes.

Mickaël avait stoppé net son récit. Roxane se balançait sur le rocking-chair. Jack, qui jouait près d'eux, arrêta son petit train électrique. Il prit la main de Mickaël et mit un doigt sur sa bouche en l'entraînant vers le hall. Ils quittèrent le château sans même que Roxane s'en aperçoive.

Refrain

— Au fait, pourquoi m'as-tu offert cette canne ?
— Pour que tu retrouves ta route.

Paul et Mickaël devisaient devant la maison du garde forestier. Lovée au creux d'une prairie en pente douce, celle-ci disposait d'une terrasse permettant d'admirer l'horizon constitué de reliefs et de multiples nuances de vert. La forêt l'encerclait, protectrice.

Mickaël et Jack étaient venus rendre visite à leur ami, qui les avait régalés avec ses légumes « aussitôt cueillis, aussitôt cuisinés ». Paul était un sage. Bien que fils d'instituteurs, il avait choisi cette vie de solitude proche de la nature, refusant toute orientation vers des études aléatoires. Il avait rencontré Mickaël dans la cour de l'école, alors que ce dernier peinait à finir un origami.

— Je ne suis bon à rien, s'était exclamé Mickaël en jetant le papier.
— Pourquoi veux-tu faire ce pliage ?
— Pour l'offrir à un ami.
— Offre-lui ce que tu aimes faire plutôt que de te donner tant de peine.

Mickaël n'aimait pas faire grand-chose, mais la sentence de ce garçon lui avait fait du bien.

Ils avaient tout de suite sympathisé. Paul aidait Mickaël à faire ses devoirs, lui expliquait le fonctionnement des êtres et des choses lorsque ce dernier le lui demandait. Il était l'un des rares à connaître le véritable prénom de son camarade. Celui-ci avait décidé de ne plus se faire appeler Michel. Son père lui avait dit qu'il avait choisi ce prénom avec sa mère en référence à Montaigne. Un type qui avait passé sa vie à réfléchir dans une bibliothèque. Très peu pour lui, l'aspirant avocat. Il avait donc modernisé son prénom pour déjouer cette néfaste influence. Paul avait trouvé ce geste très significatif, ce qui avait rempli Mickaël de fierté. C'était systématiquement vers

Paul que Mickaël se tournait au sortir de ses plus douloureuses ruptures.

Ils s'étaient aussi aimés, mais personne n'en avait rien su. Malgré cela, Paul l'avait accueilli une semaine entière lorsqu'il avait quitté son énième grand amour, Gaëtan, pour raison d'incompatibilité d'humeur. Il était resté des heures à ressasser sa peine sous un soleil de plomb, répétant les mêmes anecdotes, posant les mêmes questions. Paul lui avait conseillé de s'asseoir un peu à l'ombre, mais Mickaël avait refusé, enflammé par ses propos. Enfin apaisé, il s'était rué vers la salle de bains pour prendre une douche d'eau glacée. De retour, il ne pouvait plus dire un mot sans grelotter et était parti se coucher. Il n'avait pas pu sortir de son lit de toute la semaine.

— Je suis maudit, articulait-il péniblement pendant que Paul lui donnait la becquée.

Paul avait si souvent sauvé la vie de Mickaël.

— Quand Camille est entrée dans ma vie, je n'ai plus utilisé ma canne. Aujourd'hui, je la ressors.

— Et tu la rangeras à nouveau.

Ils y étaient. La réponse qu'il était venu entendre.

— Tu en es vraiment sûr ?

— Aussi sûr que tu l'es au fond de toi. J'ai fait cette canne dans un tronc de châtaignier arraché par un orage il y a quinze ans. Le châtaignier symbolise la vigueur. Ce dont tu manques le plus. Un jour, tu n'auras plus besoin de t'appuyer sur quoi que ce soit.

Les deux amis ne parlèrent plus. Jack, qui grimpait aux arbres, les rejoignit. Paul le prit alors dans ses bras et l'emmena vers la prairie. Ils s'étendirent dans l'herbe et le garde forestier décrivit au petit garçon les nuages qui passaient au-dessus de leur tête.

VII

LAISSÉE POUR CONTE

« Je veux bien d'une princesse, mais pas d'une poivrote. Adieu Roxane. »

Le texto de la rupture. Signé Hugo. Elle éteignit son téléphone. Sa fille s'était encore conduite comme une idiote. Roxane se leva brusquement du fauteuil de son bureau et commença à faire les cent pas à travers la pièce. Son téléphone toujours en main, elle pianota :

« Où êtes-vous ? »

Elle attendit fébrilement une réponse, s'asseyant dans le canapé, les genoux repliés.

Mais réponds, bougre d'andouille.

Elle n'avait rien d'autre à faire que de consulter ses messages. À cette heure de la nuit, Jack était couché depuis belle lurette, le planning de la semaine consulté, ses comptes faits, ses courriers envoyés, les instructions pour le lendemain données à tout le personnel. Pas forcément dans cette chronologie mais peu importait : elle n'avait plus rien à faire et c'était dramatique.

« Je suis dans mon hôtel et Camille est dans une fontaine. »

Roxane n'y tint plus. Elle composa le numéro d'Hugo.

Décroche ou n'espère plus remonter en Bretagne. Jamais.

Il décrocha.

— Je suis fatigué, Roxane.

— Ça tombe bien. Moi aussi. Qu'est-ce que ça veut dire « une fontaine » ?

— C'est un édifice qui déverse de l'eau, très souvent au centre d'une place.

— Vous vous moquez de moi ? Que fait Camille dans une fontaine ?

— Elle danse.

— Vous l'avez fait boire ?

— Même pas besoin. Elle s'est immédiatement portée volontaire.

— Pourquoi a-t-elle fait cela ?

— Je crois que je la dégoûte.

— Voyons, Hugo, je suis convaincue que ma fille vous aime. Ce fâcheux événement fait partie des petits inconvénients de la vie de couple.

— Nous ne sommes pas un couple, Roxane.

— C'est tout comme. Regardez comme nous nous entendons bien tous les deux.

— Justement. Vous êtes ma belle-mère. Ce n'est pas logique.

— Vous êtes drôle, Hugo.

— Non, pas vraiment.

— Bref. Je pense que vous devriez revenir à Syren d'ici une quinzaine de jours, lorsque la crise sera passée.

— Je ne suis pas camionneur, Roxane.

— Je vous demande pardon ?

— Neuf cent vingt-deux kilomètres. C'est la distance qui sépare le prince de la petite princesse. Mon cheval blanc montre des signes de fatigue. Je pense que je vais tabler sur une Bretonne. Une Normande à l'extrême limite.

— Nous ne sommes pas à la foire aux bestiaux et vous baissez vite les bras, dites-moi.

— C'est mon éternel problème. Après deux mille sept cent soixante-six kilomètres, je souffle un peu. Je vais dormir avant

d'attaquer mon retour triomphal demain dès l'aube.
— À l'heure où blanchit la campagne ?
— Ben... Non. Nous ne sommes pas en hiver que je sache.
— C'est de la poésie, Hugo.
— Ah, d'accord. Bonne nuit, Roxane !
Et il raccrocha.
Deux ans de charmes, d'écoute et de minauderies jetés à l'eau en une soirée. Désespérant.
Elle se mordit la lèvre. Elle n'avait pas pensé à demander à Hugo si Camille était seule. Après tout, elle était peut-être en danger ; elle était bien capable de s'être endormie dans l'eau.
Le téléphone sonna à cet instant. Un numéro inconnu.
— Oh là là, maman, comme je suis saoule !
— Où es-tu, ma chérie ?
— Au bon endroit. Et un gentil monsieur m'accompagne.
— Mais où ?
— Derrière les barreaux. Je reviendrai demain. Mais je vais d'abord aller dormir. Bonne nuit, maman !
Et elle raccrocha.
Roxane aussi aurait voulu raccrocher. Autour d'elle, tout était sombre. Les flammes n'avaient pas de reflet. Pas de fumée ni de cendres. Pas d'odeur non plus. Du son tout de même, pour ne pas faire trop d'absents. Un film sur écran. Trop de présences anciennes dans ce château. Au moins, un feu sur écran se faisait oublier. Roxane se rassit à son bureau. Elle ouvrit son agenda à la page du jour, qu'elle arracha. Elle resta impuissante, la boulette de papier à la main : que ne disposait-elle d'un vrai feu pour brûler cette page ?
Elle jeta la feuille froissée à travers la pièce et baissa les bras, dépitée.
Décidément, elle serait très certainement la seule à ne pas dormir cette nuit !

*

Lorsque le téléphone sonna à nouveau le lendemain, Roxane était en train de surveiller Jean aidé de son fils. Les deux hommes égalisaient les branches du saule près du cours d'eau. Elle n'aimait pas que ces dernières touchent le sol et cachent ce qui se déroulait dessous.

— Maman, j'ai fait une grosse bêtise, tu ne vas pas être contente.

Camille ne se souvenait pas de son appel de la veille. Pauvre gosse quand même.

— Que se passe-t-il ?

— J'ai trop bu hier soir. La grenadine n'a pas réussi à arrêter l'ivresse.

— Où es-tu en ce moment ?

— Dans un poste de gendarmerie.

Ce devait être une tradition familiale d'avoir affaire aux gendarmes. Quelque tare inscrite dans les gènes.

— Mais lequel ? Celui de Syren ?

— Oui.

Ouf. Il était dirigé par le neveu de Patrick.

— J'arrive.

— D'accord. Merci, maman.

Pas de quoi.

À la fin de l'élagage du saule, Roxane prépara son sac à main et donna les dernières instructions à Émilie. Camille appela alors à nouveau pour prévenir qu'elle partait finalement l'attendre chez un certain monsieur.

— Mais qui est cet homme, Camille ?

— Le monsieur qui m'accompagnait dans la cellule. Un avocat.

— Tu as déjà trouvé un avocat ?

— Oui.

Comme quoi, il fallait toujours croire aux miracles.
Camille reprit :
— Par contre, j'ai perdu mes chaussures.
Ne jamais espérer trop fort.
— Je t'en apporterai... C'est formidable, ma chérie ! Où puis-je vous retrouver ?
— Chez son père, au village.
— Tu connais déjà son père ?
Elle devrait faire boire sa fille plus souvent.
— Non pas encore, mais il tient à me le présenter.
— Très bien, très bien ! Donne-moi son adresse et j'arriverai d'ici une heure ou deux.
Leur laisser un peu de temps pour faire plus ample connaissance. Ne rien brusquer.
Roxane était ravie et choisit de passer les deux heures suivantes confortablement installée dans le rocking-chair, son ordinateur portable bien calé sur ses genoux.

*

Mon Dieu, mais qu'il avait vieilli !
— Vous êtes le père de Mickaël, n'est-ce pas ?
— Vous connaissez mon fils ?
— Bien sûr ! Nous nous sommes rencontrés il y a une semaine chez Georges, le bouquiniste.
— Que le monde est petit !
— Syren particulièrement.
Encore un émerveillé. Comme Mickaël, son fils, l'apprenti avocat.
L'humeur de Roxane était retombée dès l'ouverture de la porte. Son enthousiasme semblait s'être déplacé en une seconde sur le sourire de Philippe, qui apparemment n'en revenait pas de la recevoir.

— Roxane ? Que me vaut l'honneur de votre visite ?
— Je crois que ma fille est chez vous.
— Votre fille ?
En plus, ils n'avaient même pas jugé bon de s'entretenir à son sujet !
— Camille.
— Non ? Camille est votre fille ?
— Comme je vous le dis, Philippe.
Ce dernier restait ébahi dans l'encadrement de la porte ouverte.
Pensait-il avoir affaire à son hologramme ? À force d'attendre, elle allait s'autodétruire.
— Puis-je entrer ?
— Je vais appeler Mickaël !
Non, toujours pas.
Elle attendit que l'Heureux Élu se présente à elle tout en pianotant sur le chambranle ; cette journée ne s'annonçait pas plus rentable que celle de la veille.

À l'arrivée de Mickaël, elle fut malgré elle sensible à son charme. Plutôt grand, blond, le regard clair et froid derrière ses lunettes de myope. Et avocat. Mais elle le connaissait assez bien pour savoir que cela était trop beau pour être vrai.

« Beaucoup trop beau », constata-t-elle lorsqu'elle le vit assis à côté de sa fille. Barbie et Ken au temps des cathédrales. Étonnant mélange. Philippe, lui, avait vraiment vieilli, incontestablement, se répéta-t-elle. Roxane avait souvent rencontré ce professeur agrégé d'histoire dans le château de Charles, occupé à déchiffrer de vieux registres conservés dans les archives familiales. Roxane n'avait jamais compris l'intérêt d'apprendre l'histoire. Le passé ne vous apprenait rien. Et puis, Philippe restait un marginal parmi les notables de Syren. Était-il seulement membre du conseil municipal ?

— C'est une jolie maison que vous avez là ! Votre façade est médiévale, elle doit être classée.

Mickaël retint son souffle en attendant la réponse de son père.

— Elle est Renaissance. Mais, oui, en effet, elle est classée.

Il avait parlé dans un souffle, comme traumatisé.

Roxane se mordit la lèvre puis inspira à fond tout en faisant claquer ses mains sur ses jambes.

Ils n'allaient tout de même pas lui reprocher une ridicule erreur de datation !

— C'est cela. Incroyable. Tout cela ne nous rajeunit pas !

— En effet. Mais votre château représente un patrimoine autrement plus riche que ma modeste façade.

— Trop riche. Beaucoup de babioles et rien de bien fonctionnel.

Philippe restait figé, ébahi, sa tasse de thé à la main. Roxane préféra orienter la conversation sur Jack, ce qui lui donnerait, à sa fille et à elle-même, une bonne raison de déguerpir au plus vite. Ces incompréhensions multiples avaient assez duré et il était temps d'interroger Camille. Et puis, Roxane craignait de vieillir à son tour au milieu de tant d'Histoire.

*

— Alors, comme ça, tu t'acoquines avec un avocat ?

Camille n'avait toujours pas enfilé ses chaussures. C'était insupportable ces pieds nus à même le sol de la voiture !

— Je ne me suis pas acoquinée mais enivrée, maman.

— Et pourquoi donc, je te prie ?

— Je ne voulais pas discuter avec Hugo à nouveau.

— Mais que t'a fait ce pauvre garçon ?

— Rien, il ne m'a rien fait.

— Il était malheureux comme les pierres hier soir.

— Tu lui as parlé ?
— Bien sûr. Nous sommes très proches, tu sais.
Camille soupira :
— C'est vraiment dommage qu'il n'ait pas ton âge, quand on y pense.
Roxane se tourna violemment vers Camille. Celle-ci profitait du vent qui passait par la fenêtre du véhicule, la tête posée sur son bras.
— Ce n'est pas de moi qu'il s'agit aujourd'hui mais de toi. Te rends-tu compte de la vie de dépravée que tu mènes ?
Camille se redressa sur son siège et baissa la tête.
— Oui, maman. Mais je n'y peux rien.
— C'est bien pratique, ce genre de réponse.
— Je ne voulais pas revoir Hugo.
— Tu es têtue quand même !
Presque inconsciemment, Camille se chaussa enfin. Roxane s'en trouva brusquement rassérénée.
— Il n'est pas nécessaire de parler de tout cela à Jack. Je lui ai dit que j'allais te chercher chez un de tes amis.
Le visage de Camille s'illumina.
— Ce qui n'est pas faux. Qu'as-tu pensé de Mickaël ?
— Il est très beau.
— Ah bon ?
Mon Dieu qu'elle l'agaçait.
— Oui, Camille. Mickaël est magnifique, c'est un fait. Tu ne me feras pas croire que tu ne l'as pas remarqué. Un vrai phénomène.
— Il est surtout très gentil.
— « Gentil n'a qu'un œil et moi j'en ai deux ». Et la gentillesse n'a jamais fait bouillir la marmite.
— Je sais, maman. Mais moi, la gentillesse me touche.
— Comme avec le père de Jack ?
Touchée coulée. Noyée, Mère Thérésa !
Roxane poursuivit :

— Mickaël a beaucoup de clients, j'imagine ?
— Je ne sais pas. Ce qui l'intéresse surtout, c'est l'écriture. Il essaie de terminer un thriller parlant d'astrologie, je crois.
Mais où les trouvait-elle ?
— Tu penses que c'est vraiment quelqu'un d'avenir ?
Camille regarda sa mère :
— Qu'est-ce que ça veut dire ?
— Est-ce que tu penses que je pourrais l'inviter à l'une de mes soirées ?
— Ah non, pas du tout !
— Voilà qui est clair.
— Je voulais dire qu'il s'y ennuierait. Mais on l'invitera en particulier pour qu'il voie le château. Il a l'air fasciné par la maison de grand-père.
— Par *ma* maison, Camille. Et merci pour mes dîners.
— Pardon, je ne voulais pas te vexer.
Elles étaient arrivées. Roxane arrêta le moteur et répondit à sa fille tout en serrant le frein à main :
— Tu ne veux jamais me vexer, Camille. Mais c'est pourtant bien ce que tu fais continuellement.

*

— Vivre avec un homosexuel ?
Elle voulait sa peau. Roxane en était certaine désormais.
— Vivre chez Mickaël. Ce sera plus simple, tu verras.
— Plus simple pour quoi ?
— Pour trouver un travail en ville. Il a un grand appartement en plus.
— C'est vrai qu'un château, ça fait tout de suite plus étroit.
— Tu m'as comprise, maman.
— Certainement pas ; ce serait une première ! Pourquoi m'apprends-tu cela en milieu de mois, alors que je dois bientôt

payer tous mes employés, faire mes comptes, encore et toujours m'occuper de Jack ?
— Il faut aussi s'occuper de Jack en début de mois.
Voilà qu'elle avait de l'humour désormais. La traîtresse !
Camille avait choisi de parler à sa mère sur un banc du parc.
Deux convalescentes en hôpital psychiatrique.
Roxane perdait son calme. Elle mit sa main sur le genou de sa fille, comme pour la rassurer.
— Camille, que trouves-tu à ce garçon ?
— Il est rigolo.
— Tu cherches quelqu'un de rigolo ?
— Je ne cherche rien, maman. Je vis, c'est tout.
— Et quand comptes-tu partir ?
— Demain.
— Demain ? Jamais de la vie.
— C'est comme ça, maman. Il est temps de rentrer. La nuit tombe.

Et Roxane se retrouva seule dès le lendemain, sans avoir pu prévoir une telle issue. Rien de ce qui se passait avec Camille n'était prévisible. Depuis sa naissance. Roxane aussi avait été insouciante au cours de ses études durant lesquelles elle avait rencontré le père de Camille, l'étudiant naïf et énamouré. Elle s'était laissée tomber enceinte pour tout vivre d'un coup, pour que ce soit fait.
Faites que ce soit un garçon !
Et cela avait été Camille. Au début, Charles n'avait rien su de cette grossesse. Roxane ne l'avait pas prévenu. Il avait tout ignoré, n'avait jamais compté les jours. Dès qu'il eut deviné ce que Roxane vivait, elle n'exista plus pour elle-même à ses yeux. Elle portait juste dans son ventre la possibilité de rattraper son échec de père, l'absence de complicité avec sa fille. Roxane

avait présagé qu'elle engendrerait sa propre mort. Qu'elle serait remplacée par la lumière, l'évidence.

Elle n'avait pas tué sa fille. C'était Camille qui ne l'aimait pas comme elle aurait dû le faire. Avait-elle seulement conscience de ce qu'était la vie ? Cette vie de bonheur que Roxane aurait voulu lui offrir comme au plus bel ange du monde.

C'était Charles qui s'en était chargé.

Au-delà des espérances de son grand-père, Camille représentait le plus bel ornement du château. Blonde et pâle, sublime comme un songe, ne pesant sur rien, ne se faisant pourtant jamais oublier. Sa propre malédiction. Roxane haït le père de cette enfant pour ce qu'il lui avait fait, la déception de ne pas avoir pu ne serait-ce que toucher du doigt ce qu'elle imaginait vivre avec lui. L'amour auquel elle aspirait et dont elle ne connaîtrait jamais le goût.

Aujourd'hui, Camille lui échappait encore. Il ne lui restait plus rien. C'est à ce moment de sa vie que Roxane décida d'adopter deux chiens.

*

— Gustave et Gédéon.

Le responsable du chenil valida les deux noms annoncés.

Une année en G... En tous les cas, elle les appellerait Gustave et Adolphe. Simplement, elle ne souhaitait pas passer pour une nostalgique du IIIe Reich. Ce serait exagéré.

Elle se retrouvait déboussolée devant ses deux chiots. Mais forcément, elle n'aurait pas adopté deux chiens adultes. Tout l'intérêt d'une adoption résidait dans le dressage. Et qui dit dressage dit enfance. Le choix de leur nom s'était imposé à elle. Gustave comme Flaubert, et Adolphe comme le personnage de Benjamin Constant.

Son père la serinait régulièrement :

— Il faudra que tu lises *Adolphe* et *Madame Bovary*, ma fille.
Roxane s'était exécutée, le moment venu. Elle avait choisi de commencer par *Madame Bovary*. Le titre lui avait semblé plus alléchant. Moins morne tout au moins. Il lui avait fallu six mois pour le terminer. Péniblement.
Tant de pages pour un suicide !
Des faits divers de ce genre, la télévision lui en racontait tous les jours. Elle ne comprenait pas quel était l'intérêt de décrire la banalité.
— J'ai bien aimé, papa. Mais tout de même, cette Emma, elle était un peu gourde, non ?
Adolphe l'avait finalement beaucoup plus réjouie, mais elle avait vraiment regretté le choix du héros :
— Définitivement, cette Ellénore n'était pas quelqu'un pour Adolphe. Grave erreur.
Bref. Son père avait paru affligé par ses réponses. Ce furent les seuls livres de fiction qu'elle ouvrit de toute sa vie. À l'exception des contes de sa mère.
Aussi, lorsqu'on lui demanda de trouver un nom pour ses chiots, elle sut immédiatement.
Rentrée au château, elle les laissa découvrir la terrasse et les trouva plutôt amorphes. Elle espérait qu'eux au moins ne la décevraient pas. Cela faisait à peine une semaine que Camille et Jack étaient partis et elle s'ennuyait ferme.

*

Le samedi suivant, sa fille et son petit-fils furent heureux de découvrir ses nouveaux compagnons. La mère et le fils se précipitèrent vers eux et Roxane fut tout étonnée de les voir si bien s'entendre. Gustave et Adolphe s'agitaient au bout de leur chaîne. Roxane avait décrété qu'ils pouvaient se montrer dangereux, même aussi jeunes. Elle seule jugerait bon ou non de les détacher. Camille les caressait cependant, apprenant à son fils les mêmes gestes.

—Allez, oubliez ces chiots et rentrez me raconter votre nouvelle vie loin de moi !

Camille et son fils la suivirent.

—C'est dommage que tu ne puisses pas prendre Gustave et Adolphe dans le château ! Il faudrait trouver une solution pour qu'ils ne salissent rien, suggéra Camille.

—Je ne peux tout de même pas leur demander de mettre des patins et de manger avec une serviette, Camille !

Ça les fit éclater de rire. Roxane resta de marbre.

Ils ne reviendraient plus vivre au château. Roxane l'avait pressenti dès leur arrivée. Plus épanouie et sûre d'elle, Camille s'occupait parfaitement de son fils. Fort heureusement, le benêt n'était pas venu avec eux ! Roxane ne l'aurait pas supporté.

Après avoir raccompagné Camille et Jack jusqu'à leur voiture le lendemain, Roxane décida de libérer ses chiens et de se promener dans le parc avec eux. Ils couraient derrière elle comme une traînée de vie encore balbutiante. La forêt se parait de couleurs orange, l'automne était revenu ; la nature se faisait l'écho de l'impuissance des deux futurs molosses.

*

Ils venaient lui rendre visite chaque week-end, amenant avec eux un peu de leur vie de citadin. Et puis, enfin, cette agonie sordide que sa fille lui faisait vivre s'interrompit brusquement.

Un vendredi, Camille était revenue à Syren. Roxane l'avait sentie approcher quelques heures avant de la voir s'arrêter sur la route en lacets qui menait au château. Camille avait besoin d'elle. Roxane se nourrissait de ce désir comme à une source de jouvence.

Viens que je te rassure.

Mais elle avait fait demi-tour. Roxane comprit qu'elle ne la reverrait plus de sitôt. Elle poussa un soupir de soulagement. Camille était enfin morte. Roxane avait gagné.

Il était temps de lui écrire. Son *Compte de faits*.

*

Au début, face à ses feuilles blanches, rien. Pas un mot pour lui venir en aide.

Une phrase l'obsédait. Une seule. Camille était partie. Ce n'était pas évident de perdre son personnage.

Roxane ratura la page d'un geste rageur et appela son ami éditeur.

— Je n'y arrive pas... Oui, j'ai tout noté, structuré, je ne suis pas idiote. Si c'est pour me dire des imbécillités pareilles, ce n'était pas la peine de m'appeler. C'est moi qui l'ai fait ? Je ne vois pas le rapport.

Après avoir raccroché, elle recommença son travail, concentrée et sereine. Plus rien ni personne ne comptait que ce travail. Plusieurs mois passèrent.

*

Camille, tu es ma rose trémière, beauté née au milieu des immondices.

Roxane murmurait en marchant, la tête basse, dans le parc de Syren enneigé, ses chiens à sa suite. Camille ne pouvait vivre sans ressentir ce lien.

Ma mère, je suis seule à présent, mais libre. Je sais ce que je deviens. Les étoiles ne sont pas fragiles, elles éclairent ceux qui les voient. J'ai dix mille ans de plus que toi.

Roxane s'arrêta. Elle avait entendu un murmure dans le vent de février. Allons, qui avait osé s'adresser à elle de la sorte ?

Les arbres sombres ? Les vieux murs de pierre qui clôturaient les champs ?

Non… Ils n'étaient qu'un décor. Le vent seul la bousculait.

VIII

AU BOUT DU CONTE

Petite, elle le trouvait beau. Enchanté. Sa grand-mère, sans doute morte, hantait les lieux. Ce n'était que la vie qui continuait, bien sûr, après la mort.

L'odeur des pommes déposées sur la table de l'antique cuisine par un après-midi d'automne lui revint en mémoire. La pluie aussi, son rythme envoûtant de tristesse. Et la vision de cet arbre qui dépassait sur une colline à l'horizon. Cet arbre qu'elle voulait rejoindre. Mais c'était trop tard. Il fallait rentrer.

Elle s'était arrêtée sur le bord de la route en lacets. Elle sentait que quelque chose n'allait pas. Elle n'y arrivait pas, personnage de conte échoué sur un rivage qu'elle ne savait plus reconnaître.

J'étais heureuse ce matin, je me posais simplement des questions et je cherchais un phare. Ici, maintenant, j'ai mal, tout se mêle, se confond. Je ne veux plus de fantômes, je suis vivante et je veux vivre.

Un bateau de papier perdu dans un port. Une harmonie gâchée que personne ne voulait entendre. Elle ne s'incarnait plus. C'était impossible. À cause d'une image, d'une odeur, d'un son. Tout s'envolait. Elle ne pouvait pas même pleurer ou rire. Elle était prise au piège de la Méduse.

— Zut, dit-elle à voix haute, laissant tomber son front sur le volant.

Elle connaissait le mal par cœur mais pas le remède. La douleur de ne pas savoir être mère et de ne pas trouver les moyens de le devenir. Oublier son fils, le petit Jack.

Elle ne pourrait pas le faire grandir de toute façon. Elle en était incapable. Capable de rien. Et il lui en demandait trop avec son visage qui lui disait tant de choses. Le sourire de Jack… Oui, cela la percutait de plein fouet et toujours. Quel que soit le contexte. Son fils. Cette aberration qu'une fille comme elle ait pu donner la vie, cette culpabilité éternelle et inféconde. Reproche vivant qui ne demandait rien et qu'elle aimait tant. Mais mal.

Tout quitter. Le grand n'importe quoi qui la rassurait. Ensuite on verrait bien… Elle réfléchirait alors à l'irréparable qui la ferait vivre. Oui, c'était cela la solution. Couper les chaînes, se défaire des liens, bons ou mauvais.

Elle se redressa et sa tête pesait tellement lourd. Quel dernier mot laisser en héritage ?

Je n'ai pas le choix.

Elle fit demi-tour, espérant que personne ne l'avait vue sur la route. Sur le retour, elle se sentit plus légère. Était-il si difficile de parler à sa mère ? Elle exagérait sa peine et les efforts à faire et n'avait aucune excuse. Le choix de partir lui parut également excessif.

Elle se mit à parler à voix haute pour mieux ordonner ses pensées :

— Nous sommes vendredi. Je suis partie ce matin pour Syren parce que je me sentais malheureuse. Je ne comprenais pas ma vie avec Mickaël, ni l'ancienne aux crochets de ma mère. Sans savoir être seule avec Jack. J'avais des questions à poser à Roxane. Pour essayer de comprendre. Qui je suis et où je vais. Et puis, au fur et à mesure, tout s'est embrouillé. J'ai eu peur et puis j'ai voulu dormir. Enfin, j'ai décidé de fuir, de faire demitour. Voilà où j'en suis.

Refrain

Et Camille continua sa route sans rien trouver d'autre à se dire. Elle était vide d'elle-même.
Du haut de sa tour, Roxane triomphait.

*

Elle devait fuir. Cette idée insidieuse germait dans sa tête.
Toutes ces exhortations : se poser un peu, s'offrir une famille, une « vraie », ne pas rester dans les nuages. Il faisait froid là-haut, rien ne vous y protégeait du vent, ce n'était pas cela, la vie…
Ces phrases la tuaient comme un virus faisant vriller ses pensées. Partir loin de toutes questions, de toute complainte. Sans aucun refrain.

*

Elle venait de jouer ses *Contes*, cet après-midi-là, devant un parterre de retraités qui l'avaient applaudie chaleureusement. Camille leur transmettait comme du sang. Elle communiquait directement sa vie de sa bouche à leur cœur.
Agnès, une dame très élégante et sévère, semblait bouleversée par le conte du gardien de phare. Celui qui avait laissé son modeste travail pour partir à la ville et qui tous les jours pleurait parce qu'il entendait l'Océan l'appeler. Agnès avait été fascinée par cette saynète. Après, elle n'avait plus rien entendu des autres histoires, tout à son souvenir. Elle fit signe à Camille de venir lui parler. Camille s'exécuta.
— Mademoiselle, je ne saurais trop vous féliciter. Ressentez-vous le bien que vous me faites ?
— Oui, sans doute.
— Suivez votre métier et ne vous retournez pas. J'ai fait cette erreur, réparez-la pour moi.

La Grande Harmonie. Enfin. Elle remercia Agnès. Puis elle sortit calmement de la maison de retraite pour rejoindre sa voiture. Elle se regarda dans le rétroviseur. C'était donc elle, Camille. Forte et libérée de tout.

Jack, il faut que je te parle, mon ange, pardonne-moi, je vais partir.

*

Samedi. Le matin du départ. Elle n'avait rien dit. Mais, la veille, elle avait raconté à son fils une plus longue histoire que d'habitude, celle de la Reine qui avait glacé le cœur de Kay. Gerda, son amie de toujours, avait alors dû le réchauffer après une trop longue séparation. Et ils s'étaient enfin retrouvés pour toujours. Camille s'était empêchée de faiblir. Elle avait comblé son fils de tant de détails que l'histoire avait duré presque une heure. Ce serait son plus beau spectacle. Elle avait ensuite câliné longtemps son enfant, lui avait demandé s'il aimait Mickaël et sa grand-mère, s'ils étaient gentils avec lui. Elle connaissait la réponse. Elle ne serait pas partie sinon. Jack ne voulut pas la laisser lorsqu'elle l'embrassa pour la dernière fois.
— Mon ange, je dois partir.
Et il lâcha son étreinte.
— N'oublie jamais comme je t'aime. Je serai là. Près des étoiles.
Et elle sortit. Une partie d'elle-même, la plus douce et la plus tendre, resta avec son fils.
Elle revint au salon, le souffle court.
Jack.
Elle ne pouvait pas, revint sur ses pas et ouvrit doucement la porte de la chambre de son fils. Il dormait déjà. Elle attendit, l'oreille aux aguets.

Mon ange, me répondras-tu ?
Rien. Elle referma la porte.
Jack rouvrit les yeux. Ses larmes mouillaient ses draps d'enfant. Maman était partie.

*

Elle abandonna tout et sentit alors quel goût avait la vie. Elle n'était pas heureuse. Non. Elle ne le serait plus jamais. Elle agissait elle-même, comme se ressemblant soudain. Et ce n'est qu'au bout de ce chemin qu'elle retrouverait Jack. Peut-être. Il lui était désormais interdit de dire combien elle l'aimait. Et pourtant, sans lui, elle serait morte. L'issue ultime.
Ne plus penser à lui, à ceux qu'elle aimait. Avancer.
Des ailes lui poussaient. Elle était née pour ce combat, tracer sa route. Elle écoutait la première question, à la gare, derrière le guichet :
— Pour aller où ?
— À Paris.
Évidemment.
Pari sur l'avenir : Camille en Seine. Ce choix lui paraissait logique, bien qu'elle ne l'ait pas prémédité.

*

Le fleuve coulait à ses pieds, chargé d'Histoires. Ici, la sienne restait à écrire. Le temps passait au rythme des flots, il ne faudrait pas le perdre.
Elle s'avança vers une terrasse sur la rive droite du fleuve. Des gens buvant des cafés entourés par la danse de serveurs survoltés. Elle y était. À nous deux, Paris. Comme se retrouver sur la carte postale accrochée au-dessus de votre bureau d'enfance. Son avenir résumé dans ce moment.

Elle entra dans le café et passa commande. Elle s'assit au milieu des gens. Le serveur, quoique très pressé, semblait la trouver sympathique et vérifiait en permanence qu'elle ne manquait de rien. En même temps, elle se demandait de quoi elle aurait pu manquer. Un café se suffisait à lui-même, se dit-elle. Sans doute voulait-il qu'elle mange. Mais elle n'en avait pas l'intention et lui souriait pour le rassurer.

Plus loin, une dame âgée sirotait un thé et l'observait. Camille décida qu'elle s'appelait Louise, soixante-seize ans, ancienne couturière ayant fait un beau mariage et profitant à plein de son veuvage. Parisienne. Habituée de ce café en tous les cas. Elle tapotait la main de la serveuse lorsqu'elle lui demandait un service. Cette dernière la considérait avec plus de respect que les autres clients. Des éclats de rire provenant d'un groupe de quatre jeunes au fond de la salle firent sursauter Camille. Des artistes à n'en pas douter. Ils refaisaient le monde avec force envolées de bras et d'échanges d'idées bruyants. Une jeune fille du groupe, plus discrète, notait ce qu'ils disaient sur un bloc-notes. L'amie à côté d'elle vérifiait discrètement ce qu'elle écrivait tout en continuant de débattre. Elle avait des cheveux crépus retenus par un crayon et portait une salopette. Derrière elle, un grand carton à dessin était appuyé contre la banquette. Le garçon qui présidait la table l'écoutait avec beaucoup de sérieux. Il ressemblait au Chapelier fou, se dit Camille. Non à cause de sa tenue mais de l'éclat de son regard. Il s'illuminait et semblait se contenir pour ne pas sauter en l'air à chaque nouvelle idée échangée. Il écoutait avec vénération l'homme assis à sa droite, qui tournait le dos à Camille et bougeait très peu. Maléfique, se dit-elle. Du moins, celui qui rendrait sa sentence au groupe. Ces quatre-là étaient investis d'une mission. Ils contrastaient beaucoup avec les convives de la table perpendiculaire à la leur que Camille ne voyait qu'en partie. Sur cette table, des cadeaux ouverts et des lettres offerts par une

poignée de jeunes gens souriants et calmes. Sans doute un départ, des collègues de travail... Elle ne distinguait pas très bien les visages et n'entendait aucun son. Le brouhaha du bar était incessant. Elle stoppa net ses observations lorsque le serveur revint la voir :
— Vous n'avez vraiment besoin de rien, mademoiselle ?
— Si. D'un travail, lui répondit-elle.
— Je vais faire mon possible pour vous aider, dit-il très sérieusement.

Ses collègues s'étaient déjà énervés contre lui au moins dix fois en quatre secondes. Il n'avait pas le temps de discuter, c'était très clair.
— Écoutez, merci beaucoup, mais vous allez vous faire disputer.
— Je sais. Donnez-moi vos coordonnées et je vous appelle si j'entends parler d'un travail. Vous êtes libre quand ?
— Tout de suite.
— Réactivité. C'est parfait.
— Ah bon ? Tant mieux alors.

Camille se demanda s'il s'était moqué d'elle. Une voix lui répondit :
— Vous pouvez faire confiance à Vincent.
— Pardon ?

Camille regarda la vieille dame d'un air étonné. Elle s'était rapprochée d'eux, l'air de rien.
— Pourquoi me dites-vous cela ?
— Parce que vous hésitez à lui faire confiance. Et moi je vous dis : faites-lui confiance.
— C'est très gentil à vous.
— Il y a longtemps que vous vivez ici ? enchaîna la voisine de Camille.
— Quelques heures.
— Et vous cherchez déjà du travail ?

— Disons que j'aurai très vite besoin d'argent.
— Pardonnez-moi d'être indiscrète, mais d'où venez-vous ?
— D'un château de province.
— Vous m'en direz tant.
— De quoi ?
La vieille dame réfléchit.
— Je ne sais pas, à dire vrai.
— Est-ce que je peux vous demander votre prénom ? Moi, je suis Camille.
— Laure.
Louise, Laure... À quelques lettres près...
Camille espéra ne pas s'être trompée de beaucoup non plus sur le métier de Laure. Hélas, elle ne pouvait pas le lui demander tout de suite.
— Vous venez souvent dans ce café ?
— Presque tous les jours. Et ce depuis quarante-cinq ans environ.
— Je ne fais pas le poids face à vous, c'est évident.
— En effet.
Elles ne se parlèrent plus pendant quelques instants. Enfin, Laure se leva. Il était six heures et demie.
— Je vous souhaite une bonne soirée, Camille, et beaucoup de chance. À bientôt, j'espère.
— Oui, à bientôt.
Et Camille se mit à la recherche d'un hôtel. Elle en choisit un, le plus proche possible du café de Laure et Vincent.

*

Le lendemain, levée très tôt, elle revint prendre son petit déjeuner dans le café de la veille. Le personnel de service installait les chaises en terrasse, les trottoirs, gris sombre sous le ciel blanc, étaient détrempés par le nettoyage matinal. Des pigeons cherchaient vainement des miettes sur les bords de Seine. Camille se sentait déjà chez elle. Une des serveuses la reconnut et lui sourit.

— Est-ce que je peux entrer ?

— Bien sûr.

Elle mangea rapidement sans avoir vu Vincent, ce qui l'arrangea. Elle n'était pas venue pour lui. Elle partit à la rencontre de sa nouvelle ville.

En quatre rues, elle eut le sentiment d'avoir parcouru le monde, habituée qu'elle était aux petites villes et villages. Et elle eut le sentiment étrange que les personnes auxquelles elle s'adressait appartenaient également à un autre univers. Ils avaient peu de temps pour une personne en attente. Il lui fallait d'ores et déjà trouver sa place. Ici tout allait vite. Elle entra donc dans un théâtre pour ne pas avoir à réfléchir plus longtemps. Aller à l'essentiel, elle avait compris le message. Dès qu'elle eut franchi le seuil, elle crut voir le même groupe d'artistes que la veille, dans la même position et échangeant avec la même emphase sur l'un des divans de l'entrée. Mais elle se trompait. Seule l'énergie était la même, le groupe avait changé. Ils ne s'interrompirent pas et poursuivirent leur conversation comme si de rien n'était. Une femme aux cheveux bruns relevés en partie sur le sommet du crâne et très maquillée les écoutait parler distraitement, accoudée au comptoir.

— Je peux faire quelque chose pour vous ?

— Est-ce que je suis bien dans un théâtre ?

Les jeunes gens se tournèrent vers elle, certains l'air intrigué, d'autres souriant. La femme rit.

— Dans quoi pensez-vous vous trouver ?

— Je ne sais pas.

— Vous avez votre réponse. Vous voulez les programmes ?

— Oui, s'il vous plaît. Est-ce que je peux visiter la salle ?

— On joue des spectacles pour enfants en ce moment. Vous comptez nous proposer une pièce ?
— Non, pas vraiment. Je cherche du travail.
— Dans quel domaine ?
— Je suis conteuse. Je raconte des histoires. Enfin, je les récite, je ne mens pas, je...
— Oui, oui, j'ai compris. Vous êtes conteuse, je sais ce que ça veut dire. Vous jouez devant des enfants ?

Camille pensa à Jack et elle eut très, très mal.

— Non, devant des personnes âgées.
— Et vous n'avez rien contre les enfants ?
— Non, au contraire.
— Disons qu'ils représentent un investissement à plus long terme, pas vrai ?

Et la femme pouffa. Camille rit avec elle. Elle n'avait rien compris.

— Il y a un gros turn-over avec les comédiennes de ce théâtre. Venez passer une audition. Et si vous cherchez un job alimentaire, tapez aux portes des restaurants ou des hôtels, conseilla une jeune fille aux longs cheveux roux la regardant par-dessus ses grosses lunettes.

Camille la remercia et promit d'appeler le directeur très vite.

Les portes s'ouvraient tranquillement devant elle et elle n'en était pas autrement surprise.

*

Sa vie d'exilée volontaire commença. Elle n'avait pas beaucoup bougé de son îlot de départ, en bord de Seine, travaillant à la fois dans les petits théâtres alentour et dans des cafés, pour des remplacements. Vincent l'avait aidée. Elle revenait régulièrement le voir ainsi que Laure. Les fins de matinée s'écoulaient en discussions paisibles et pronostics sur les clients de passage. Camille avait du flair, se trompait rarement. Elle écoutait beaucoup mais n'aimait pas se raconter. Ses soirées se passaient à travailler pour gagner sa vie. Laure lui avait trouvé une chambre de bonne d'où elle voyait la tour Saint-Jacques. Elle aimait y veiller tard, dormant peu, contemplant les étoiles.

Elle se rencontrait elle-même, adoptait la ville. Elle traversait Paris de Notre-Dame à l'Étoile pour se charger de rêves. Elle lisait les plaques sur les murs et s'en inspirait pour inventer de nouveaux contes.

Un jour, l'une de ses connaissances la fit monter sur le toit de son immeuble. Ce fut une nouvelle rencontre avec la ville aux mille histoires… Où qu'elle posât l'œil, elle se souvenait d'avoir lu une anecdote ayant changé le cours d'un monde, et chaque quartier lui souriait. Son ami la laissa seule un moment, il connaissait comme les autres ces instants de contemplation dont elle avait besoin. Camille s'autorisa enfin à penser fort à Jack. Elle pleura, expliquant à cette amie capitale sa profonde douleur et son manque.

Voilà ce que j'ai quitté pour te trouver toi. C'est dire si je t'aime.

*

Cela faisait une année entière qu'elle était partie. Plusieurs Camille cohabitaient en elle. Elle avait domestiqué la plus folle, la plus différente, qu'elle laissait vivre sur scène. Dans le monde courant, elle avait réussi à se construire, pas à pas, jour après jour, rires après larmes. Laure et Vincent ne lui expliquaient pas comment faire. Ils la respectaient simplement par leur écoute et pour cela elle avait appris à les aimer. Elle joua successivement les mères éplorées, les gentilles soubrettes et les grandes amoureuses. Délaissant les contes, elle sut créer son propre registre. On la croisait souvent dans les troquets de coin de rue, toujours proche d'une scène, très entourée.

À chaque fois qu'elle croisait le regard d'un petit garçon, elle perdait un morceau de son cœur. Où était Jack ? Comment vivait-il loin d'elle ? Elle lui avait imposé une rupture totale. Elle n'aurait su dire si elle l'imaginait définitive ; Camille vivait au présent. Pour l'instant, elle poursuivait son grand projet, son enfant de travail, son propre message au monde. Elle avait pensé écrire mais ce n'était pas elle, elle créait sur les mots des autres. Elle cherchait sans fin où pouvaient bien se trouver les mots justes, quel auteur un jour les avait écrits pour elle. Elle lisait sans trêve, dès qu'elle avait un instant.

Tu n'es rien, tu n'as pas le droit. Qui est cette Camille que je ne connais pas ? Tue-la pour moi !

Ces constats laissaient Camille exsangue. Elle ne pourrait pas rentrer, sa vie n'avait plus de sens, abjecte et criminelle. Puis d'infimes miracles, comme de la poussière de fée, des petits cailloux sur sa route. « D'accord, répète que tu es mauvaise, mais réponds quand même à cette audition, qu'en penses-tu ? Tu verras bien ensuite. » Et ensuite, elle était sauvée.

*

Et le livre parut. Camille croisa sa route dans une rue du Quartier latin. Dans une vitrine, l'opuscule en papier glacé l'avait hypnotisée.

Regarde-moi.

Camille continua sa route, fuyant le dragon qui la poursuivait jusque dans sa retraite. Elle se retrouva allongée, gisant de chair sur un banc des bords de Seine. Un passant l'interpella :

— Vous allez bien, mademoiselle ?

C'était étonnant de voir à quel point on se préoccupait de son bien-être. Mais elle aurait apprécié parfois que sa bonne étoile la laisse un peu tranquille.

— Oui, merci, je me connecte aux énergies de la ville.

Refrain

— C'est-à-dire ?
— Je ne peux pas dire mieux.
Le passant la regardait d'un air soucieux. Il portait un bob.
— Tout va vraiment bien. Je me repose un petit peu, ne vous inquiétez pas.
Et il repartit, rassuré.
Oui, vraiment, Camille avait appris bien des choses.

*

Et Camille acheta le livre de sa mère. *Compte de faits* d'Hélène J. *Ou comment sauver un enfant de l'abandon.* Un dessin de Jack en couverture. Un règlement de comptes enrobé de légitimité pratique qui l'enterrait vivante.
Les absents ont toujours tort. Tant pis pour toi.

*

Qui était Camille pour s'opposer à ces mots ? Jusqu'à maintenant, elle ne savait que les défendre. Aujourd'hui, elle existait et assumait son propre langage.

Camille était sortie dans les rues de Paris, marchait vivement au rythme de ses colères. Le mois d'août enflammait les rues vides de touristes. Quelles armes possédait-elle ? Quelle issue possible à son acte impardonnable ?

Maman, ne m'oublie pas, regarde les étoiles, je suis là.

Malgré la nuit, des mots, les mots de son petit garçon comme des étoiles. C'était cela.

La jeune femme ouvrit les yeux. Il ne fallait plus dormir. Sur son chemin, rien n'était perdu, son parcours révélait d'autres teintes.

Les murs de Paris devinrent ces arbres, ces collines et d'autres villes aussi qui la séparaient de son fils et de son ami.

La ville lui parlait pour la dernière fois. Porter cette grâce. Le vent était un ange qui venait lui transmettre un message très doux à l'oreille. Le regard de Mickaël, le sourire de son fils et l'odeur de ses vieux livres.

Sans doute les gens la regardaient. Elle l'ignorait jusqu'alors et cela énervait Mickaël, lui qui faisait tant d'efforts pour qu'on le remarque. Elle se souvint de cette vie dont elle ne profitait pas, noyée dans son nuage de préoccupations et de tristesses mêlées.

Maintenant, elle se savait aimée, elle aimait vivre, il y avait une place à prendre qui était la sienne. Elle en avait le droit.

*

Elle entra dans le café de Laure et de Vincent en fin de journée. Ils étaient là, comme à leur habitude. Camille s'assit près de Laure, et Vincent s'approcha d'elles :

— Qu'est-ce que je te sers aujourd'hui ?

— Je dois partir. Pour aller voir Jack qui m'attend.

Ils s'étaient habitués aux remarques décalées de Camille.

— Qui est Jack, Camille ? demanda Laure.

Camille fixait la Seine.

Suis ton chemin, Camille, file, vite !

— C'est mon fils.

Vincent s'assit à table sous le regard éberlué des autres serveurs. Camille sentit qu'il s'en moquait éperdument.

— Tu as un fils ? Où est-il ?

— Là-bas dans ma province. Mon ami s'en occupe.

— Quel ami ? l'interrogea le jeune homme.

— Mickaël.

Elle voulait préciser, expliquer, mais se tut.

— Je reviendrai pour vous raconter, je vous le promets.

Ils lui dirent au revoir. Alors Camille repensa à Isabelle

qu'elle avait laissée sans un regard et sans retour. Se convaincre du meilleur était encore difficile.

*

Sésame, ouvre-toi.
Camille se tenait devant la lourde porte de Syren. Elle n'avait pas sonné. Elle attendait devant la bâtisse dont les ronces griffaient son cœur. Toujours aussi grande et fine, ses cheveux blonds coupés court. Elle se tenait très droite, en pull blanc et pantalon rouge, un simple sac de voyage à la main. Elle sonna enfin.
Sa mère ouvrit la porte. Elle l'attendait.
— Alors comme ça, tu es revenue. Je suis heureuse que tu m'aies écoutée.
— Je ne t'ai pas écoutée. J'ai lu ton livre.
— Toujours aussi incohérente.
— Si l'on ne cherche pas à me comprendre, c'est possible.
Et Camille passa devant sa mère pour entrer. Tout était transformé. Les murs repeints, les livres enlevés et de nouveaux lustres modernes ornaient les plafonds. Le fauteuil à bascule faisait peine à voir au milieu de tant de modernité. Il n'avait pas changé de place, toujours devant la fenêtre et le parc du château.
— Où as-tu mis les affaires de grand-père ?
— Camille, arrête avec ses vieilles histoires. Tout ça, c'est du passé, parlons d'autre chose.
— Je n'en ai pas envie.
Roxane la fixa :
— Ne me parle pas sur ce ton.
— Quel ton ?
— Ne me prends pas pour une imbécile.
— Ça ne risque pas, maman.

Roxane parut déboussolée.
— Camille, qu'est-ce qu'il t'arrive ?
— Comment va Jack ?
Roxane retrouva de son aplomb pour répondre :
— Comment veux-tu qu'il se porte ? Il a souffert. Beaucoup. Bien évidemment.
— Que lui as-tu raconté sur mon compte ?
— La vérité.
— Des comptes de faits ?
Roxane en attendait plus de la part de sa fille.
— Qu'en as-tu pensé ?
— Je suis revenue pour que tu ne mentes plus à Jack. Tu ne lui raconteras plus tes histoires.
— Tu trouves que j'ai menti ?
— Sans cesse. Ceux que tu aimes sont des personnages que tu manipules.
— Bravo, tu as saisi. Il t'en aura fallu du temps.
— Moins qu'aux autres. Et j'ai encore toute ma vie à tracer.
— Ta vie, regarde à quoi elle ressemble lorsque tu l'écris toi-même.
— Et la tienne ? Pourrais-tu me la raconter ?
Roxane quitta la pièce. Camille la suivit, intriguée. En montant les marches, elle releva la tête. Où sa mère la conduisait-elle ? Elle eut peur de ce qu'elle allait voir et ralentit le pas. Sa mère se retourna, visage blanc, fermé, au-dessus de sa longue silhouette sombre, ses cheveux roux relevés en chignon pour seule lumière.
— Pourquoi t'arrêtes-tu ?
Roxane était postée devant l'escalier de la tour qui menait à la chambre de Camille. Suivre le frottement de la traîne noire, aller jusqu'au bout. Sans savoir ce que sa mère voulait lui montrer. Celle-ci ouvrit la porte d'un geste large et lui fit signe d'entrer.
Camille avança et vit.

Une bonbonnière. Sa chambre ressemblait au royaume d'une princesse folle. Du rose à foison. Partout. Pour chaque tissu, chaque meuble qui semblait tout droit sorti de l'imagination d'un conteur en délire. Tout en rondeurs stupides. Camille ne reconnaissait rien.

— Est-ce que ta nouvelle chambre te plaît ? Je l'ai modifiée en fonction de tes désirs.
— Quels désirs, maman ?
— Tes contes, ton imagination débordante, tes délires féeriques…
— … Que tu n'as jamais su comprendre.
— Je les imagine. La preuve.
— Tu les imagines mal. Les contes ne sont pas des absurdités délirantes.
— Alors tu n'aimes pas tout ce que je fais pour toi ?
— C'est-à-dire ?
— Mes conseils, cette chambre, la vie que je t'ai offerte jusqu'à ton départ…
— Maman, tes parents sont morts. Plus personne ne te demande rien.

Roxane la gifla. Curieusement, Camille ne ressentit aucune peine et ne fut pas même surprise. Elle combattait le dragon.

— Ne répète jamais que ma mère est morte, Camille.
— Elle est partie.
— Non. Ton grand-père l'a détruite.
— Pourquoi affirmes-tu cela ?
— Parce que je l'ai vue et que je le sais. Elle ne supportait pas la vie de Charles, la gestion calamiteuse du château. Il ne savait pas l'écouter.
— Vraiment ?
— Je le devine.
— Arrête de deviner et écoute, maman. Les êtres humains ont des choses à dire.

— Ton grand-père disait n'importe quoi.
— Bien sûr que non. Il cherchait à te consoler.
— Stupidités. On ne se console pas de l'absence.
— Il faut essayer.
— Non. Jamais je n'oublierai Hélène.
— Maman...
— Quoi ?
— Hélène était malheureuse. Lâche les rênes et ne te venge plus pour elle.
Roxane cria :
— Tu cherches à me donner tort, à ne pas m'obéir. Tu te perdras en route.
— Bien sûr que non. Si je me perds, ce sera de moi-même.
— Et cela ne te fait pas peur ?
— Je n'ai plus peur de rien, mis à part que l'on m'emprisonne.
Et Camille commença à partir, puis se retourna vers sa mère :
— Roxane, une dernière chose...
— Quoi ?
— Qui était mon père ?
— Un imbécile qui ne comprenait rien, comme toi.
Camille sourit.
— Merci, maman.
Elle descendit l'escalier, prit son sac et franchit la porte, demandant à Louis de la reconduire en ville.

*

— Camille ?!
Mickaël, affublé d'un chapeau de cow-boy, laissa tomber son revolver en plastique.
Camille demanda dans un souffle :

Refrain

— Est-ce que Jack est ici ? Crois-tu qu'il aura peur ? Est-ce qu'il faut que je reparte ?

Mais Jack, maquillé pour la guerre, s'était déjà placé entre eux. Ses yeux s'agrandissaient à mesure qu'il regardait sa mère.

— Maman !

Le premier son de la vie de Camille. Elle saisit son fils dans ses bras et le serra le plus fort possible pour qu'il ne lui échappe plus jamais.

Mickaël les laissa seuls : il avait rempli sa mission.

*

Plus de voile ni de mise en scène. Aujourd'hui, Camille raconterait à Jack ce qui les avait construits et ce qui leur avait fait tant de mal.

Il y avait eu un père, lui expliqua-t-elle. Mais il s'était évanoui. C'était un photographe en reportage dans la région. Il avait eu peur de cette vie. Roxane s'était occupée de Camille. Il ne fallait pas oublier cela. Jamais.

— D'accord, répondit Jack.

— Es-tu heureux avec Mickaël ?

— Oui, beaucoup.

— Je ne serais pas partie sans lui. Je n'aurais pas pu me guérir de tout le mal qui était en moi, tu comprends ?

— Oui.

Jack buvait ses paroles. Il avait retrouvé son âme d'enfant.

Ils ne trouvaient rien à ajouter.

— Est-ce que tout va bien pour toi, Jack, maintenant ?

— Oui.

Et ils s'enlacèrent.

*

Mickaël n'en finissait pas de s'extasier sur les premiers mots du petit garçon. L'enfant couché, ils s'étaient installés dans le salon et conversaient enfin.

— Pardon, Mickaël.
— Tu aurais dû me parler de ce départ.
— J'ai voulu t'en parler. Souviens-toi.

C'était vrai. Il savait qu'elle s'en irait. Si elle lui avait annoncé le jour et l'heure, c'est lui qui aurait fui. Elle l'avait mis devant le fait accompli et il avait été obligé de gravir cette montagne. Seul. Ils étaient comme deux guerriers, apaisés à l'heure de la victoire.

— Il me reste quelque chose à te demander.

Le ventre de Mickaël se noua.

Quoi encore ?

— Je voudrais que tu écrives notre histoire.
— C'est déjà fait.

Camille sursauta :

— Quoi ?
— J'ai suivi tes conseils et j'ai écrit ton histoire.
— Mais tu n'en connaissais pas la fin.
— Ça, c'est ce que tu t'imagines.

Et Mickaël revint avec un manuscrit qu'il tendit à la jeune femme.

— Je te laisse le canapé et je vais dormir. Bonne lecture, princesse !

Et Camille commença la lecture de *Back to Jack*. Pas encore de couverture. Mickaël avait écrit pour elle seule.

*

Camille commença par préparer un petit déjeuner gargantuesque pour Mickaël et Jack, qui se levèrent plus tard.

— Je pense qu'une fée s'est penchée sur mon berceau à la

naissance pour m'offrir des croissants tous les matins importants de ma vie, observa Mickaël.
 Ni Camille ni Jack ne saisirent l'allusion. « Pour une fois... », se dit leur ami qui savourait leur expression soucieuse.
 — Elle est excellente, ton histoire, déclara Camille.
 Mickaël faillit s'étouffer avec l'un des fameux croissants.
 — Tu l'as déjà finie ?
 — Bien sûr.
 Il ne put plus rien avaler d'autre, attendant la suite.
 — J'ai beaucoup aimé et nous allons l'adapter. Je veux jouer ton conte.
 — D'accord, répondit Mickaël comme à son habitude.
 — Bravo ! s'exclama Jack. Et il reprit le cours de son petit déjeuner.

*

 Devant son chocolat matinal, Jack essayait de croquer dans une énorme tartine. Le pain de campagne céda soudain et un peu de confiture couvrit son nez de rouge. Il récolta maladroitement le fruit de sa bévue du bout du doigt, qu'il mit ensuite à la bouche. Il s'essuya enfin consciencieusement avec une serviette.
 Sa mère l'observait mais cela ne le gênait pas. Camille le soupçonnait au contraire d'en profiter. Comme un instant de plus. Toujours plus.
 Le soleil gorgeait la vieille cuisine de la Rose. Ce matin-là, ça avait été un bonheur d'ouvrir chaque volet, de sentir rentrer l'air de l'océan tout proche.
 Une vie paisible les attendait enfin tous les deux. Hier soir, Camille avait lu le conte. Dans la petite chambre mansardée de son fils, ils étaient seuls au monde et rien n'existait plus pour eux que le récit rêvé. La nuit les enveloppait d'un hâle

que seule une bougie éclairait. Dans un vieux bougeoir qu'ils avaient gratté pour en retirer la cire. Camille aimait éclairer les pièces « à l'ancienne », en tenant haut la flamme.

L'atmosphère était douce. Il semblait à Camille que tout ce qu'elle avait vécu jusque-là la ramenait à cet instant précis. Souriante, près de son fils.

Quand il eut fini de manger, elle n'eut pas besoin de lui dire ce qu'il y avait à faire. Maladroitement, il reproduisait des gestes d'adulte. Camille ne voulait plus avoir mal en le regardant faire. Ou plutôt elle voulait qu'il redevienne un enfant. Prendre sa place.

— Jack, laisse-moi faire maintenant. Je m'occupe de tout.

Je suis née dans l'abondance. Pour le bonheur, il faut croire. Dans un château entouré d'arbres sombres, suspendu au-dessus d'une vallée de la montagne Noire. Pleine de vert et de gris. Là, les contours des arbres se perdent dans l'horizon brumeux et les moutons qui paissent semblent des nuages tombés du ciel durant la dernière nuit d'automne, saison unique dans ce pays de nulle part. Et puis ce rythme lent où le vent domine, passant dans les arbres et que plus personne n'écoute. Je n'aime pas non plus l'entendre. Parce que trop impudique. Le vent. Il me rappelle des vies de gloire et de tourments. Les époques passées et pourtant éternelles que l'on conte aux enfants. Ces fables que je détestais. On me les lisait pour que j'oublie, que je ne cherche plus, que je ne sois pas triste.

J'habite à nouveau le grand château dans lequel plus rien ne vit. Du pouvoir mais aucun rêve. Riche et sans envie. Et plus d'ennemis.

Il ne reste rien.

Ce soir, installée dans un fauteuil du balcon, j'applaudis ma fille avec les autres. Camille sur scène, comme autrefois ma mère, avant son mariage. Trop d'émotions que je ne veux pas revivre. Trop de douleur.

Camille a gagné. Enfin, il faut bien se résoudre à se lever et à aller l'attendre à la sortie des artistes. Un public inconnu de moi s'écoule alors dans la nuit, et je reste tapie dans l'ombre près d'un couple riant sous les réverbères.
    Seule, complètement vide, et pour une fois fragile, tellement fragile...
    — Viens, maman. Allons boire un verre.
    J'acquiesce et je la suis. Plus rien d'autre à faire qu'obéir. Dans le café à l'angle de la rue, Camille me demande :
    — Tu as aimé ?
    — Évidemment. Bravo.
    — Merci.
    — Comment va Jack ?
    — Très bien. Il a brillamment réussi son bac et vient de s'inscrire en droit. Mickaël est ravi.
    Ces hautes sphères du bonheur que jamais je n'ai atteintes ! Toute cette vie qui me fait tellement mal.
    — Quand reviendrez-vous ? Je t'aime, tu sais, Camille !
    Comme une plainte.
    — Moi aussi, maman.
    Puis elle me raccompagne jusqu'à ma voiture. Seule à repartir pour Syren. Et prête.

    Mourir dans la chambre de Camille, ce gouffre dans lequel plus rien ne résonne. Je suis son Verbe, celle qui l'a créée. Camille. La Toute Pure. Mon Enfer de Pureté. Être brave et en finir. Et vite.
    Le silence me crie mes propres haines le long des couloirs. Tous ceux que tu as bafoués, ignorés, usés. Prends leur peine désormais.
    Ma chevelure couvre ma robe alors que je me rends vers sa chambre, rose hurlante, et que je m'étends sur son lit.
    Camille, pourquoi as-tu fui ton écrin ? Tu en étais la lumière. Je te voulais souveraine, dans ton sommeil de bonheur fade et

plastique, attendant ton Prince de quatre sous. Où es-tu partie ? Quelle est la source, le miracle de vie qui t'a fait me battre ?

J'ai vu qui tu étais, l'Idéal à atteindre. Et je t'ai tout donné pour que plus jamais tu ne bouges, pour que rien ne te froisse.

Chaque allumette comme autant d'années passées auprès de toi. Une, puis deux, puis trois… L'odeur de la fumée emplit ma poitrine et ta chambre s'illumine peu à peu, prenant la couleur de mes cheveux, d'ocre et d'argent, confondus lentement avec les flammes en une seule étreinte.

Combien d'histoires t'a-t-on lues, ma Camille ? Tu les as faites tiennes, elles t'ont traversée. Tu es devenue conte.

À moi le silence, à jamais.

© Edistart, 2019
ISBN 978-2-900860-04-5

Achevé d'imprimer en Allemagne en août 2019
par Books on Demand (Norderstedt)

Dépôt légal : août 2019